山东省教育科学“十三五”规划2018年度重点课题
“核心素养视角下的国际理解教育研究与实践”(2018JXZ2015)

最好的课堂在路上

主　编　褚维东

编　委　褚维东　于寅生　迟圣德　于　越
姜封祥　徐　莉　白　健　赵　蔚
李先涛　王　春　杜　娟　徐美堂
聂　晶　王晓蔚　张海燕　刘　震

统　稿　边　力

中国海洋大学出版社
·青岛·

图书在版编目(CIP)数据

最好的课堂在路上 / 褚维东主编.—青岛:中国海洋大学出版社,2019.6

ISBN 978-7-5670-2122-8

Ⅰ.①最… Ⅱ.①褚… Ⅲ.①游记—作品集—中国—当代 Ⅳ.①I267.4

中国版本图书馆 CIP 数据核字(2019)第 155408 号

出版发行	中国海洋大学出版社		
社　　址	青岛市香港东路 23 号	**邮政编码**	266071
出 版 人	杨立敏		
网　　址	http://pub.ouc.edu.cn		
电子信箱	459331938@qq.com		
订购电话	0532—82032573(传真)		
责任编辑	邹伟真	**电　　话**	0532—85902533
印　　制	青岛泰兴印刷有限公司		
版　　次	2019 年 8 月第 1 版		
印　　次	2019 年 8 月第 1 次印刷		
成品尺寸	170 mm×230 mm		
印　　张	13.5		
字　　数	250 千		
印　　数	1～2500		
定　　价	58.00 元		

发现印装质量问题,请致电 0532—83831618,由印刷厂负责调换。

序言

我注意到“外事人看世界”，是在青岛外事服务职业学校褚维东校长的微信朋友圈。学校师生将出国游学、境外旅行的经历及感悟书写成文，以活泼生动的语言、图文并茂的形式展示异国风情、介绍异域文化，发表在学校网站、校报、微博、微信公众号，进行点滴渗透、潜移默化的国际理解教育。现在这一系列文章要结集出版，褚校长请我作序，我集中翻阅一遍，深感研学旅行是成长的最佳方式，世界那么大，青春当远行。

最好的课堂在路上。研学旅行在青少年成长中有不可低估的影响力，无论是出国游学，还是境外旅行，都突破了课堂的边界，让世界成为学生的教科书。在学习语言课程、体验国外教育、入住寄宿家庭、游览著名景点的过程中，学生们行前有准备、行中有研究、行后有成长。在亲自参与的跨文化交往中，学生们见识了风土人情的多样、世界文化的多元，提升了跨文化交际能力，积累了宝贵的跨文化经验，培养了正确的跨文化态度，增进了对不同文化的尊重和理解；身处海外代表中国形象，也使他们获得全新视角，从而更加深刻地认识到中国传统文化的魅力，身体力行地充当文化交流使者，把中国传统文化传播到海外。

“没有观过世界，哪来的世界观?”韩寒执导的电影《后会无期》中这句广为流传的台词，充分强调了实践和体验对建构世界观、人生观与价值观的重要意义。一个人去过多少地方，看过多少风景，见过多少人，决定了他思维的宽度和内心的包容程度。“心有多大，舞台就有多大。”出国游学或是境外旅行，就是让学生们走出去看世界，获得更宽广的视野，培养更开阔的格局，从而以世界为版图树立远大的人生理想。青岛外事服务职业学校将《青岛市促进中小学生全面发展“十个一”项目行动计划》与学校教育教学、学校传统项目、学校办学特色进行有机结合，取得良好的效果，这本文集就是全校师生“参加一次研学”“记好一篇日记(周记)”的成果展示。

作为青岛市局属唯一外经贸专门学校，青岛外事服务职业学校定位于服务青岛对外经济贸易发展，着眼“一带一路”战略和中日韩自贸区，培养具有本土文化特质、国际视野的报关商务人才。本土文化特质，是让学生拥有中国灵魂，在充分了解传统文化的基础上培养文化自信、厚植爱国主义情怀；国际视野，是让学生拥有世界胸怀，在对异域文化了解的基础上培养文化认同、提升国际理解素养。为此，学校以进行学科渗透、开发校本课程、开展主题活动、加强国际交流、营造文化环境等途径实施国际理解教育，让国际理解教育的理念深深地植根于每个师生心中，落实在每一次教育行动之中。青岛外事服务职业学校的国际理解教育课题先后被立项为青岛市教育科学“十三五”规划重大招标课题和山东省教育科学“十三五”规划2018年度重点课题，这本文集也是学校国际理解教育课题研究的成果展示。

研学旅行古已有之，春秋时期的孔子、西汉的司马迁、唐代的李白、宋代的朱熹、明代的徐霞客都是“游学”“壮游”的代表人物。研学旅行将“读万卷书”与“行万里路”相结合，将学校教育与校外教育相结合，让青少年在实践中经风雨，见世面，长才干。中国在国际舞台上扮演的角色越来越重要，通过研学旅行让青少年学生了解世界秩序的建立和文明的冲突、建立文化自信是至关重要的，因为他们的进步和成长是中国创新、社会进步的根本推动力。衷心希望青岛市中小学开发好、利用好研学旅行这个重要载体，全面推进中小学素质教育，培育和践行社会主义核心价值观！也希望青岛外事服务职业学校在国际化办学的道路上继续前行，为培养具有全球竞争力的外经贸人才而不懈奋斗！

中共青岛市委教育工作委员会常务副书记

青岛市教育局党组书记、青岛市教育局局长

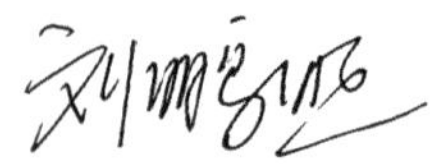

2019年3月12日

目 录

读万卷书，行万里路

视野有多宽,就能走多远

看过世界的人，内心更强大

出境游实用教程

读万卷书，行万里路

高层次的友谊，便是在差异当中寻求一种深刻的认同。

——爱默生

我在德国做报告

青岛外事服务职业学校　褚维东

工作近三十年，任校长也有八个年头了，记忆中做过不少报告，全国、省、市层面都有，但印象最深刻的是在德国的一场报告。

报告会现场

2016年9月，我校一行六人回访德国友好学校——韦斯特堡职业学校。其间，戴尔校长安排了一场报告会，向德国师生介绍青岛外事学校。会场在学校主楼的前厅兼报告厅，在我们调试课件的过程中，德国师生陆续安静、提前到达会场，几乎坐满，德国人严格守时、注重礼仪和讲究秩序的品质让我赞叹。

短短半个小时还包括翻译的时间，要讲清楚青岛和学校的特点并让听众留下深刻鲜明的印象，着实让我费了一番脑筋。我从三个方面做了准备：首先播放了一段青岛风光片，青岛的时尚与美丽、大气与活力一下子吸引住了德国师生；然后用PPT以图片为主介绍学生学习、生活片段，让德国师生感受青岛学生丰富多彩的校园生活；接着介绍了我校的专业和国际交流情况，让德国朋友了解中国的职业教育是与世界接轨的。重要的是让德国朋友明白青岛是一个国际化的城市，青岛外事学校是一所以人为本、开放、和谐的学校，中国的职业教育也不差。

我的目的基本达到，德国朋友自始至终专注地倾听我的讲座，不时点头微笑，不时侧耳交流。接下来的时间安排了互动环节，我们赠送小礼品的友好举动调动了现场气氛，他们提出了诸如“双元制在青岛的开展情况”“贵校学生的日常学习情况”“校长与师生的关系”“中国高等教育的基本情况”等问题，我都一一做了解答，特别是我强调了我们从来没有想过照搬德国的职业教育，中德两国的国情不同，基础不同，决定了我们只能借鉴；我们校际的合作不仅是取长补短，互相促进学校发展，更重要的是促进中德文化交流，从青年学生层面发展中德友谊。我的回答赢得德国朋友一片掌声。

和戴尔校长签署合作协议

无疑，报告是成功的，戴尔校长给予我热情的拥抱。德国朋友从一所中国职业学校的层面了解到中国飞速发展的原因，有力地推动了两校师生频繁交流和专业互动，两校感情急剧升温。

从 17 年前首次到日本访问，到本次德国之行，我也走过不少地方。我深切地感受到我们中国与发达国家的差距越来越小，我们的文明程度在不断提升，物质文明如城市的机场、铁路、汽车、建筑等基础设施，精神文明如国民的待人接物、街道居家卫生、公共场所秩序等方面，青岛国际化的程度越来越高。外事学校有责任、有能力、有信心为师生开辟更多国际交流的渠道，全力培养具有本土文化特质、国际视野和跨文化沟通能力的报关商务外事人才。

有时候，我会想：是不是应该从头学习英语，提高自身的对外交流能力？

作者简介：

褚维东，男，1969 年出生，青岛外事服务职业学校校长。2016 年 9 月 26～29 日，参加学校组织的赴德国韦斯特堡职业学校的短期交流访问活动。

赴德国考察报告

青岛外事服务职业学校英语教研组　宫颖君

2016 年 9 月 26 日我有幸作为青岛外事服务职业学校赴德国韦斯特堡职业学校代表团的一员来到了德国，进行了为期 3 天半左右的访问活动，时间虽然短暂，但是所见所闻使我受到的触动很多，以下是我对此次访问活动的报告。

一、学校情况

1. 硬件情况

德国韦斯特堡职业学校位于德国西部森林地区，学校主要为职业教育学校，但也有一部分普通高中教育的学生。校园干净整洁，色彩温暖明快，虽然是小班制教学(至多 30 名学生，根据课程设置每班人数几名至二十几名不等)，但是可同时容纳 100 多个班级同时上课。部分班级设置有智能白板，与网络连接，在数学等课程授课过程中，学生可以把自己的做题过程通过网络发到智能白板上供师生讨论。学校有非常完备的实训教室，比如木工实训教室、金属制造实训教室、汽车修理实训教室等，这些教室都配有真正可操作的车间用机器，方便学生亲自动手操作，汽车车间还有当地企业捐赠的一台真正配发动机的汽车供学生学习，在参观的过程中，我们看到学校还在不断地装修更新这些车间，引进新型机械，由此可见，学校对于学生实践能力的重视。

2. 课程设计和学生情况

在职业教育方面，学校课程多为商科、金属制造、建筑、护理等专业。普通高中教育的学生就和中国学生一样，准备将来参加大学入学的考试。在韦斯特堡的短短几天行程中，我们拿出将近一天的时间专门进入教室听课，观察德国师生的实际教学

近距离观察德国师生的教学活动 1

活动。我们观摩了数学课、英语课、经济课、护理课、家政课、幼教课、新移民语言课等课程，并与各类课程的师生进行了直接的对话和交流。在听课过程中，我们发现，德国的教学模式比较务实和开放，在教室里老师只提供授课主题和基本方法，让学生自己思考，分小组总结、讨论，然后展示成果，全班再讨论的模式居多。在教室里很少看到老师喋喋不休授课的情形，更多的时候，是老师在教室里游走，把控课堂基调，给予个别学生意见和帮助。学生的学习积极性很高，很多时候，在自由讨论时，整个教室也比较安静，没有喧哗嬉笑的现象，每个人都在认真地查阅准备资料，有疑问也会轻声地询问别人，但是声音极小不会影响大家，让我们对德国学生的素质印象深刻。

近距离观察德国师生的教学活动 2

同时我们也很好奇是什么维持了德国学生良好的课堂自律性，经过询问，原来学生们都是与公司企业签订了雇佣合同，然后根据企业和个人需求到相应的专业学习，学习合格具备一定资格能力了再回到公司企业进行工作，所以学生学习的目的性非常强，同时也具有一定压力，看似轻松的教学环境需要付出极高的专注度，如果学习不达标，学生将被勒令重修，这对他们个人是极大的损失，所以学生们在学习方面态度都极为端正，不会马虎应付。这也说明了良好的校企结合对行业和学业发展的良性循环起到了很好的作用，也让我们反思在我们专业设置、就业导向和技能实际应用方面是否应该更加精细化、科学化。

二、交流情况

1. 我校宣讲展示

本次访问，德方安排一个下午的时间专门由我校进行介绍。我校褚维东校长首先展示了青岛主题的视频短片，主要从自然景观和经济情况方面展示了青岛；然后褚校长进行了有关青岛职业教育和我校整体概况的宣讲，我校刘树风主任进行了中国教育学制的介绍宣讲。宣讲结束后，德国教师们对我们中国的职业教育也非常感兴趣，在宣讲会上提了很多相关的问题，如“双元制在青岛的开展情况”“我校学生的日常学习情况”“校长与师生的关系”“中国高等教育的基本情况”等，褚校长都一一进行了精彩解答，获得了德国师生的热烈掌声。所有的互动与交流都让我们感受到这次出访是成功和富有意义的。

2. 与德国师生交流

在进教室听课时我们有机会和很多老师和学生谈话。老师们富有激情，对工作也都非常有热情。这所德国学校男生居多，非常主动和踊跃，对于我们提出的各种问题也都积极地回答，很多德国学生英语不是很流利但是也尽力去用英语表达自己的观点，非常勇敢和自信。我们发现德国学生的视野和分析事物的能力较中国学生也更加成熟和全面，在独立思考方面我们确实应该给予中国学生更多的机会。

三、政治、经济、文化考察

参观德国修道院和藏书馆

德方安排我们参观了德国当地知名的啤酒制造企业 Hachenburger 啤酒厂，了解了啤酒制造工艺和浓厚的德国啤酒文化。参观了 Bad Marianburg 和 Westerwald 旅游信息中心，听取工作人员介绍当地旅游业的发展情况。参观了 HUF HAUS 框架房屋建筑公司，了解了德国的房屋建筑设计和德国的房屋美学。最后还在靠近法兰克福机场的普茵兰参观了普法尔茨州的参议院。

此次行程使我们在有限的时间内对德国有了相对充分的了解。

作者简介：

宫颖君，女，1980 年出生，青岛外事服务职业学校英语教研组教师。2016 年 9 月 26～29 日，参加学校组织的赴德国韦斯特堡职业学校的短期交流访问活动。

自由、自主、自律、合作

——德国职校考察体会

青岛外事服务职业学校商务教研组　李永兴

为期三天的德国职校之行紧张充实，在有限的时间内考察了学校的课堂教学、实训教室、合作企业等，对德国的职业教育有了一些初步的认识。对比我国的职业教育，参观德国职业教育的感受就是：自由、自主、自律、合作。

中德双方人员

自由：完全的小班化教学，师生在课堂上的氛围是轻松自由的，不拘泥于座次，分小组完成老师布置的主题，每个人都可以畅所欲言。

商务英语课堂上，老师给出的主题是选择，各小组的具体题目不同

自主：授课的形式也不是完全教师讲授学生听讲，在参观的十余节课堂中，一节这样的课都没有，连课本都很少，但是需要查阅的资料书籍就在旁边。授课形式都是老师给出大的主题，具体内容由小组自己来充实，学生的思维很发散，但又

都和主题相关。

自律：在参观过程中，无论多少人、什么人进出课堂，对学生的学习活动影响甚小，有的时候课堂里面都没有老师，但是都能自主自律地讨论、思考。这体现出德国人的自律性是很强的，就像德国高速公路不限速，路口不设红绿灯一样，体现了全体国民整体的文明程度，是教育外的素质在教育内的体现。

合作：要想培养合格的实用人才，必须通过企业和职业学校两大系统的密切合作来进行。学生既在职业学校中接受职业的专业理论和文化知识教育，又在企业中接受职业技能的专业知识培训，理论和实践相结合，有利于提高职业培训质量。通过参观德国社区超市这样一个小小的单位，就可以感受到德国校企合作的密切程度、合作法规的完善程度等。这都值得我们学习。

当然，正如校长所说："我们从来没有想过照搬德国的职业教育"，中德两国的国情不同，基础不同，决定了我们只能借鉴，而非全盘照搬。

幼儿教育课：即将去企业实习的学生制定学习目标，准备汇报

结合我校的实际情况，我感觉目前的外事·禾谷跨境商旅人才孵化基地的教学与德国职业教育有一些相像之处，有一部分校本教材、学生基本能实现快乐学习，学习内容实践性较强，有企业人员参与，初步引进优秀的企业文化等，但也还差得很远，在这之后可以借鉴德国职教的经验，开展得更深入一些，争取能够为全校提供一些试验性的经验。

学校的诸多专业，有的已经建立了实训基地，有的与企业接触很频繁，但整体来讲，校企合作，包括跨境商旅孵化基地，还要在几件事上继续深入：

(1)与企业共同制订人才培养标准和培养计划；

(2)校企合作开发适合本学校学生的教材；

(3)对师资队伍的培养比对学生的培养更重要；

(4)很重要的一点，要加强与行业协会的交流互动。

在德国，行业证书的实用性一点不比学历证书低，在中国还是首先要看学历，未来这种情形应该也会慢慢改变，目前的行业协会非常活跃，也有越来越多的话语权，加强与行业协会的交流，一是可以获得最新的信息；二是可以聘请行业专家，定期为教师、学生开展培训和交流；三是很多行业专家也是各类大赛的组织者、评判者，加强与这类专家的交流，有利于及时准确地获得竞赛标准，在大赛中竞争更好的成绩。

5. 积极开展实训基地

引进企业的先进管理模式和运行机制，帮助学生学以致用，及早进行角色转变，提高社会竞争的“软实力”，比如做事的主动性、承担风险的能力、团队合作的能力和沟通的能力等。

实训基地发展到一定程度，可以开展校外实训基地，商务类和服务类专业都比较适合，只要学生达到一定的技能标准，就可以进行顶岗实习。学生直接进入本专业对应岗位，企业以员工的标准来管理和训练学生，从而实现专业管理和学校教育的有效对接。

当前存在的困难主要是企业在看不到未来稳定的收益时，不愿大量投入，而且企业真正参与教学环节的难度也不小。因此，还是得本着“资源共享、整体优化、互利共赢、各取所需”的原则，与诸多企业多接触才可以。

作者简介：

李永兴，男，1980 年出生，青岛外事服务职业学校商务教研组教师。2016 年 9 月 26～29 日，参加学校组织的赴德国韦斯特堡职业学校的短期交流访问活动。

走近德国，走近德国职业学校

青岛外事服务职业学校旅游教研组　刘慧欣

2016年9月26～29日，我参加了学校组织的赴德国韦斯特堡职业学校的短期交流访问活动，短短的4天，让我有机会近距离地接触、感受德国文化和德国的职业教育，并留下了深刻的印象。

4天里，我们参观校园，深入课堂听课，并参观了当地有名的啤酒厂、旅游信息中心、修道院、零售企业及议会参议院等，了解了德国的职业教育情况和风土人情，体验了多姿多彩的德国文化。德国老师、学生对我们非常热情，4天的朝夕相处，让我们也真正体验到德国人优秀的品质、有效的学习方法、悠闲的生活方式。

我们访问的韦斯特堡职业中学，是方圆几十千米内一所颇有声望的职业学校。它有两千多名学生，学校开设了建筑、护理、计算机、国际贸易、烹饪、机电、机械、电子、汽车零部件加工、汽车维修等专业，并配有专业实习设施。学校与多个企业建立互通共享关系，学校的学生可以到这些企业实习就业，拿到企业签字认可的实习鉴定书（这对学生相当重要），这些企业的员工也可以到学校进修深造。

德国教育体制多元化，注重应用型人才的培养，学生没有太大的高考升学压力，所以也就没有“千军万马挤独木桥”的高考竞争，注重学生的个性和能力发展，从中学开始，就可以接受职业指导，让学生根据自己的兴趣，决定今后是进行专业技术学习，还是进入综合性大学继续理论深造，尽早对学习和职业方向有所规划。因此初中升入高中时，德国的学生就会基本确定自己今后的学习方向。这也正是德国双元制教育的核心之一。德国“双元制”教育体系中，职业指导是所有环节的入口。自由选择，分层教育，不管在哪一类学校，不管从事什么职业，学生都能找到适合自己发展的途径，他们认为适合什么就干什么，这才是人生最大的幸福。

让我印象最深刻的是德国的课堂。德国的教学以小班教学为主，一般一个班级不超过32人，我们参观学校时发现，这里的课堂完全是开放式的，实行的是走班制，不同专业的学生可以在一起上课，学生选的是自己喜欢的课程，不会敷衍，而是真正学到有用的知识。学生的学习自觉性高，课堂上人人都在认真准备演讲的课题，搜集资料。学生是为了需要而学习，班级里的大多数学生已经有工作单位，需要在学校培训拿岗位证书，合格后毕业直接到单位就业，因此学习的目的性很强，不会去浪费时间。课堂上以小组学习为主，三四个学生一组，一个教室里有五六组，大家边学边练，通过讨论促进学习。老师讲的内容很少，对于每个问题都会让学生充分讨论，发表自己的见解，所以课堂气氛很活跃、不枯燥，老师和学生都不会感觉劳累。

教室里面的布局：学生 4 人一组，
每组一台笔记本电脑

小组学习是指在老师的指导下，学生以小组为单位围绕某一课题进行的研究、讨论，最终得出结论并向全班宣布的一种教学方法。将不同能力、兴趣、背景的学生组成一个小组(2～4 人)，在学习过程中，鼓励同组同学彼此交换意见，互相帮忙，在合作中完成学习。分组学习主要有以下几个步骤：布置题目→确定任务→分组→搜集资料→讨论成文→制作海报→全班宣读。各学习小组在全班宣读自己的报告，其他各组学生可以向他们提问，也可以提出不同的观点。

通过进入课堂听课我们发现，德国课堂关注到每一名学生，注重让不同程度的人得到不同程度的提高，评价一堂课的优劣，不在于信息量的大小，而在于学生获得了何种能力。德国课堂教学中教与学互动良好，课堂气氛活跃，处处体现"以学生为中心"，不仅注重学生专业知识和能力的培养，还注重学生个人管理能力、社会能力、学习能力的培养。德国经济发达，他们把职业教育比喻为"经济腾飞的翅膀"。另外，德国的教育体系设置完全是基于个人的意愿和能力来选择的，所以，学生都具有"主动性"，既然选择了就要为自己的选择负责，这也是充分尊重每个人个性的体现。

我们听了一节数学课，老师先布置任务，学生分小组自己研究讨论做法和结果，最后小组一起到讲台进行汇报演讲，既锻炼了语言表达能力，又锻炼了思维。我们还听了英语课、国际贸易零售商课、护理课等。特别是英语课，英语教学侧重于说和写作，把英语真正作为一门语言工具来进行实效学习和操作，学生根据老师布置的课题，自选一题，做海报、向其他人阐述观点，聆听者给讲解者进行评价，提出意见建议，充分地体现出师生之间、生生之间的互动性，以及对学生自身探究能力的培养。

此外我们还惊异于德国的环境，这里空气清新、干净整洁、安静，感觉视线特别清晰，天空湛蓝湛蓝的，大片的植被，提供了足够的氧离子。德国人很讲究清洁和整齐，所到之处一尘不染，即使光脚走在地上，脚底也非常干净，就连学校里的角落、公共场所的厕所都干干净净。

参观德国地区议会，议员介绍德国的教育制度

德国人严谨、守规则。德国的高速公路不限速，但车辆在高速公路上各行其道，井然有序，没有乱道的，也没有乱超车插队的，大可放心行驶，尽情享受驾驶的乐趣，信号灯也少，在路口车辆都会减速礼让，拐弯的车辆一定是在直行车辆通过后才会行驶；德国的两厢车居多，可见德国人追求实用和注重环保的理念。同时德国人很友好，参观学校时，学校的老师和学生很热情，无论在哪儿，见面打招呼先给你一个大大的微笑，让你瞬间感觉距离很近，很温暖，你有什么问题，他们都会热情地帮你解决。

德国学习之行结束了，收获很多，感受很多。德国的青山绿水，德国生活的悠闲惬意，德国人的严谨友好，德国的交通和对历史的尊重与保护，最重要的是德国先进的教育理念都给我们留下了很深刻的印象。

作者简介：

刘慧欣，女，1976 年出生，青岛外事服务职业学校旅游教研组教师。2016 年 9 月 26～29 日，参加学校组织的赴德国韦斯特堡职业学校的短期交流访问活动。

赴德研学

——一场难忘的异域文化深度体验之旅

青岛外事服务职业学校总务处　王　春

2017 年 10 月 16～27 日，我和学校英语组的曲红老师带领 12 名女学生，组成了一个纯美女研学团，乘飞机远赴德国西部莱法州森林地区的韦斯特堡职业学校访问交流，这也是外事学校首批跨距最远、时间最长的研学活动。

青岛外事服务职业学校赴德研学团与德国学生合影

本次德国研学历时 10 天，在韦斯特堡职业学校里，学生们融入校方的商务课堂，多次与德方同学进行深入的跨境电商研讨，对中国文化、青岛魅力、外事学校特色及学校电商网站进行了全方位的推介。同时，在德方学校的精心安排下，学生们观摩体验了其幼儿护理专业、美发专业、老年护理专业的课程，并亲自动手参与了西餐制作。另外，还进行了内容丰富的德国文化考察，如参观当地的玄武岩露天博物馆、西部森林啤酒厂、自然保护区、陶瓷博物馆、养牛农场和考夫兰特超市运营等，利用周末两天时间，德方还组织全体师生进行了科隆城市一日游，每个学生的接待家庭也安排了周到的特色活动。

这次研学活动在当地也引起了强烈反响，相关报道多次登上当地媒体报纸，学校师生以良好的精神面貌、大方得体的礼仪风范给德方师生留下了良好印象。

10 天虽短，但在全方位真实的语言环境中，学生们快速提升了语言能力，同时体验了异国文化、开拓了知识眼界、展示了中国风采，这段异域文化的深度体验之旅，必将为学生个人未来的发展留下不可磨灭的烙印、打下广阔坚实的基础。

作为带队老师，在德国西部这样一个普通而又特别的小镇里浸润 10 天，比起那种欧洲十日游之类走马观花式的休闲旅游，有着许多别样细腻而震撼的感受。

关键词一：自然与人文交融的生态环境

当地风光

韦斯特堡职业学校位于德国西部莱法州森林地区，这里的自然风光，每一处都尽显森林地区特有的广袤葱郁和丘陵地形的优美曲线。只要在室外高处，总能看到那收放有界的茂密森林、绿茸毯一般的大片草地和掩映其中的色彩斑斓的别墅建筑群，犹如一个童话般的世界，令人心旷神怡。

随便进入任何一个别墅群村落，优雅的田园气息都会扑面而来，家家户户门前各具特色、精致优雅又生机盎然的花艺绿植，体现出这里的人们热爱生活、与自然和谐相处的情怀。居民的房前屋后，葱郁的树木、清澈的小溪近在咫尺；镇中心较大的居住区里，街道边潺潺的小河水就在树林间哗哗流淌……每次置身其中，总是很难想象，这里竟能将半边密林水色和半边城市建筑结合得那么自然。

如此宜人的生态环境，让人不禁感慨绿水青山无可替代的价值。可以想见，上天造就了这片美丽的土地，而这里的生态人文更懂得如果保护她、利用她，达到人与自然的交融共赢。

关键词二：注重实践体验和互动的教育风格

韦斯特堡职业学校是当地有名的职业教育和培训中心，学校非常重视实训条件的建设，采取实践体验的教学方式，即使对我们这些仅仅研学几天的参观者们，互动和体验的教学设计也润物无声地渗透在每一天的教学活动中。

第一天，在戴尔校长带领我们参观学校的过程中，我们发现学校所有课堂都是开放的，戴尔校长根据参观路线上的每个课堂的情况，随时邀请双方学生进行简单互动交流，抓住任何机会扩大两国青年的接触面，而不仅仅局限在有限的群体内。韦斯特堡学校的实训室也充分体现出环境育人的理念，处处都是专业作品的展示，工科专业当然最重视实践操作的真实环境创设，尤其是木工和汽车维修专业实训室，不但拥有和现代化工厂相同的设施和技术，其日常管理维护模式也几近那些运营中的工坊，仅从琳琅满目摆放有序的各种工具、作坊气息十足又干净整洁的空间中便可窥一斑。

戴尔校长出的路线设计测试题

作为一名资深的教育者，戴尔校长还给同学们出了一道有趣又烧脑的路线设计测试题，目的是想通过这个游戏告诉大家，解决问题不要只是想，而是要大胆去尝试、动手操作，只有置身其中，才能找到解决办法。

研学过程中，学校安排的很多课程都带有特色鲜明的体验互动色彩。比如，城市探险游戏比赛，别出心裁地设计了五个活动，PK结果都会赢得下一处活动地点的线索，校方似乎特意安排这个节目，使大家辗转穿梭在街区里，等于是带大家来雨中游历一下附近的街景民居，感受小城的美丽风光。

关键词三：严谨认真的德国工作者们

在校方精心安排下，几乎每天下午我们都会外出参观当地有代表性的人文景观和工商业场所。每一处参观点，都由工作人员进行一番认真详尽的导游讲解。比如：在玄武岩矿石博物馆，韦斯特堡地区的区长娄斯先生特意正装前来致辞欢迎，介绍博物馆历史成因和维护现况，并聘请一

跨境电商项目交流

位资深学者为我们全程做了专业的导游讲解，学者非常严谨认真，运用图片展示和现场实物介绍的方式，详细地介绍了玄武岩的知识及其开采过程中人类的智慧与艰辛。还有参观西部森林啤酒厂、陶瓷博物馆、养牛农场和考夫兰特超市，等等。每一位讲解者们都抱着极其认真的态度耐心地演示讲解，哪怕我们的学生在长时间听讲陌生的知识后略有懈怠，他们也会不折不扣地履行好导游的职责。他们的眼神中透露出的不仅仅是严谨和友好，更有一种对本国文化的自信。

关键词四：内化成习惯的公德素养

韦斯特堡地区的丘陵地形，使得城镇内的道路蜿蜒曲折，各种角度的交叉路口很多，然而我却极少看到交通信号灯，人们开车经过路口，一慢二看，然后全靠某种根植于内心的规则意识和根据现场情况协调谦让的自觉。行人过马路，过往车辆会自觉停下等候，哪怕马路中间有安全岛、而行人才刚刚从反向车道边起步而已；夜间行驶在林间道路，司机会时刻关注前方有没有突然窜出一只小动物。

除了金黄色地毯般的松软落叶外，地面上几乎看不到垃圾

研学期间正值秋季，落叶纷纷，马路上却从没见到一个清洁工人，因为除了金黄色地毯般的松软落叶外，地面上几乎看不到垃圾。韦斯特堡学校里也从未见清洁工的身影，以至于我现在回想起来都觉得不可思议，那干净整洁的校园是如何保持的。

也许是文化习俗使然，也许是我们这群东方人的面孔容易引来关注，所到之处，我们和迎面相遇的陌生人总会友好自然地问候。这不仅仅是一种礼节，更多的是人们自身积极乐观的精神面貌。想起初到第一天，因为时差和长途飞行的劳顿，我们的面容可能显出了疲倦和不快，戴尔校长神采飞扬地鼓励我们要经常“Smile! Smile!”当时不解，后来大家都学会了带着微笑面对所有人，果然这种动作似乎自带力量，让我们内心小小的不适烟消云散。

关键词五：成熟的环保技术和措施

参观超市内部运营时，虽然看起来这里的超市与国内并无相异之处，但在超市经理的详细介绍下，我们还是发现了在青岛超市里不曾看到过的设施，比如，价格牌竟然是一个电子书，在系统控制下可以自动调价；称重器显示屏里直观的图文可以方便顾客自行 DIY；收银台区还有顾客自助结算机；超市里有专门的塑料瓶回收系统，这让我们想起，韦斯特堡学校老师提醒我们喝完矿泉水后瓶子一定要放在指定的回收纸箱里，学校可以送到超市卖钱。社区里家家门前不同颜色的垃圾箱也显示出这里垃圾分类系统的成熟度。

企业正式员工岗位的职业培训

附：访学简讯

(一)2017 年 10 月 16 日

带着学校领导和家长们殷切的叮嘱，14 名师生开启了令人激动神往的访学之旅，对许多同学来讲，这更是一段意义非凡的人生体验。

【镜头一】团队意识

同学们听从指挥，校服、胸卡、行李标识整齐划一，展现出良好的团队风貌。经简单排练能在需要集体拍照时迅速排成两种队形。同学遇到困难会相互关照提醒，对身体情况特殊的王老师，同学们也轮流帮着背包，离开父母不过几分钟，就立刻变成了有担当的大人。

【镜头二】拾金不昧

准备登记时，同学们突然发现旁边座椅上有个黑色钱包，同学们回忆刚刚在那里坐的是几个外国人，打开钱包，里面的照片印证了它的主人，大家快步赶到队伍前面，用简单的英语询问，交还给了失主，赢得了外国同伴们的连声致谢。

【镜头三】转机香港机场

香港国际机场坐落在填海陆地上，飞机像是刚刚掠过海面上的零星轮船，便降落在硕大的机场。具有购物天堂美誉的香港，从机场布局上便似乎可见一斑。办理完安检，想到达餐饮购物区，竟然需要乘坐机场内地铁，地铁里的立式扶杆分成三叉是个不错的设计；升降电梯空间超大，可以一次性宽松地容纳我们所有人和 5 辆行李车。这样我们师生 14 人就始终在彼此的视野中了。餐点已到，享用美食是必须的，而机场内游览只是浅尝辄止，时间尚早，安静地沉浸一下阅读时光吧！

（二）2017年10月17日

【镜头四】自然与人文交融的生态环境

从法兰克福机场出来，还有些夜色阑珊，见到辛苦前来接机的克瑞斯汀和克瑞斯蒂安，大家欣喜相拥。

大巴车载着我们驰骋在这童话般的田野上，每一处都尽显森林地区特有的广袤葱郁和丘陵地形的优美曲线。如此宜人的生态环境，让人不禁感慨绿水青山无可替代的价值。

一个多小时后，克瑞斯汀邀请我们到她家休整参观并享用早餐。让我们震撼的不仅仅是小镇各具特色的别墅建筑，还有家家户户门前精致优雅又生机盎然的花艺绿植，体现出这里的人们热爱生活、与自然和谐相处的情怀。克瑞斯汀的家，里里外外自然也充满着这种优雅田园的气息。克瑞斯汀一家人为我们一行14人用心准备的丰盛早餐，消除了大家旅行的疲劳。

【镜头五】热情的教育者戴尔校长

中午，师生们来到期盼已久的韦斯特堡学校，校方举行了简短的欢迎仪式，校长戴尔、副校长索尼娅、报纸记者等依次发言，对远道而来的我们表达了热情诚挚的欢迎，并对两周的访学活动安排做了整体介绍，大家对即将开始的体验交流充满了兴奋。

作为一名资深的教育者，戴尔校长还向同学们出了一道有趣又烧脑的路线设计测试题，同学们冥思苦想不得其解，最后一位同学上台，再校长启发下成功解决。戴尔校长通过这个游戏，想要表达的是，解决问题不要只是在想，而是要大胆去尝试、动手操作，只有置身其中，才能促使你想到解决办法。

随后，戴尔校长带领大家参观学校课堂和实训室，学校所有课堂都是开放的，戴尔校长根据参观路线上的每个课堂的情况，随时邀请双方学生进行简单互动交流，体现出校长抓住任何机会扩大两国青年的接触面，而不仅仅局限在有限的群体内。韦斯特堡学校的实训室也充分体现出环境育人的理念，处处都是专业作品的展示，工科专业当然最重视实践操作的真实环境创设，尤其是木工和汽车维修专业实训室，不但拥有和现代化工厂相同的设施和技术，其日常管理维护模式也几近那些运营中的工坊，仅从琳琅满目摆放有序的各种工具、作坊气息十足又干净整洁的空间中便可窥一斑。

（三）2017年10月18日

【镜头六】跨境电商项目交流一

有趣的是，曲红老师似乎是上了一堂跨国商贸英语公开课，王春老师课堂巡视辅导学生如何简易表达我们的商品，并客串摄影师抓拍双方学生最生动的交流画面。同学们不仅仅介绍中国商品，还穿插了许多双方有趣的互动游戏，比如中德青年对生活和交友的表达方式。

【镜头七】推介青岛与学校

午餐后，校方安排了一场规模较大的推介会，100 多名德国学生聚集在会议厅，德方老师对双方互访项目做了整体说明。曲红老师介绍青岛城市基本情况和独有魅力，王春老师分发了学校宣传画册，重点介绍了学校专业、办学特色和丰富多彩的学校活动，最后两位老师诚挚邀请更多德国学生来到青岛、来到外事学校访学体验，开阔人生视野。

【镜头八】参观玄武岩矿石博物馆

下午，校方乘车前往参观玄武岩矿石博物馆，这是一个 120 年前大规模开采如今已接近尾声的工业遗迹，目前保护性维护和对外展示，以纪念玄武岩的开采历史。

韦斯特堡地区的区长娄斯先生特意正装前来致辞欢迎，介绍博物馆历史成因和维护现况，并聘请一位资深学者为我们全程做了专业的导游讲解，学者非常严谨认真，运用图片展示和现场实物，详细介绍玄武岩知识及其开采过程中人类的智慧与艰辛。同学们也听得很认真，时不时发出惊叹和感慨。

周天听 10 月 18 日活动记录稿(节选)

下午我们参观了德国的一个露天矿物公园，名叫史拖非公园。该公园占地 140 公顷，大约有 200 个足球场那么大，里面有各种各样的玄武岩，一位资深学者带领我们参观了整个公园，并且为我们详细地介绍了里面的岩石还有公园的历史。我们首先来到了一个室内的类似于展览厅的地方，里面展示了 120 多年前开采玄武岩时所用的轨道和列车，列车可以载重大约 3 吨的石头，在列车的前方摆着两块石头，上面写的是列车可以承受的重量。

同时在这个公园还发现了许多白垩纪时期的化石，虽然在其他地方也有许多化石，但是这里更多的是各种不同的植物和动物的化石，相比较而言，会更有研究价值。我们看了一副化石的图片，这个化石是一种类似于飞鼠的动物，保留了飞鼠的外形包括内脏。但最令我感兴趣的还是玄武岩，这里所有的玄武岩都是天然形成的，是由于火山爆发然后堆积而成的，火山爆发后的石头需要冷却大概 300 年的时间才能形成。但可惜的是由于时间条件不允许，这里的岩石并没有形成像圆柱形的石堆。由于火山爆发，所以形成了一个天然湖泊，湖泊周围有许多植物，但并不是人工种植的，而是鸟儿将种子叼到这里，天然形成的。

经过一天的学习，我们了解到了更多关于德国的文化知识，并且参观到了非常不可思议的岩石公园，了解到了 100 多年前的人们是如何去开采岩石并且打碎岩石，真的学到了很多在网上学不到的知识。期待明天会学到更多不同的知识。

(四)2017年10月19日

【镜头九】跨境电商项目交流二

今天的主题是做市场调查表，中德双方学生在昨天交流的基础上，选择一款最喜欢的商品，中方向德方学生做问卷调查。

【镜头十】有趣的互动表演课

大家来到活动大厅，一名德方老师正在上表演课，本以为是艺术类角色表演课，看到德方学生以无实物方式的演绎各种体育赛事项目，才知道这是面向普通学生的生活体验展示课。学生表演自然到位，很能抓住不同运动的动作特点，赢得大家的阵阵掌声和笑声。然后中德双方组合，老师给每个组布置了一个主题任务，经过简短的分组排练后，每组上场表演他们的运动主题，大家来猜动作意思。

活动外在形式很活泼，而它最重要的设计意图是，促进双方的语言交流和情感互动，培养团队合作意识，强化学生们对生活的体察、对自身综合能力的训练发掘，非常值得课堂教学。

【镜头十一】关于老年护理话题的讨论

韦斯特堡学校开设有老年护理专业，专业教师16人，在校学生约250人，年龄跨度很大，最小的17岁，最大的62岁。许多成年人甚至中老年人进行职业转型，回到学校进行专业学习、取得职业资格后再就业。这些情况都是老年护理专业教师向我们介绍的，之后大家进入老年护理课堂，与学员积极交流两国老年护理行业的现状和前景。老年护理专业的学员们还给我们每个人测量血压、讲解方法、分析数据。教室一侧的护理病床上“躺着”一个模拟人，随时方便学员们将理论知识运用于操作实践。

【镜头十二】参观贝肯霍夫酿酒厂

闫冰10月19日活动记录稿(节选)

接下来我们就去参观了德国的“老人护理职业专业培训”课程，听那里的德国老师说，在德国，这项老人护理的工作人员稀缺，德国非常重视这项专业，因为跟我们说，如果你想学习这项专业或者做这项工作可以来“我们这个学校”，这也是一个非常好的机会。我们随着德国老师和带队的老师深入了老人护理专业的课堂，发现了不一样的教学方式，他们都是自己小组讨论题，每个小组最后来公布自己的讨论结果。

接着，我们又去了一楼的大厅，首先和德国的老师和学生进行了热身活动，我们围成了一个大圈，跟着老师的动作去模仿去跳舞，特别有意思；接着，我们在一旁坐下，有一部分德国学生在前面进行表演，让我们一起猜他表演的是什么，特别的好玩；一会儿，老师给我们进行了分组，中德一起为一组；我们这一组抽到了“冲浪”牌子，我和我的小伙伴一直交流，怎么样才能更好地表演让大家猜出来我们表演的是什么。最后我们一起和德国老师做了两个游戏，特别有意思；第一个我们说了三个词，大体的意思就是第一个词是说下一个人，第二个词是随便选择同学，第三个是原路返回，我们玩得非常开心；第二个游戏是，一个人在前面站着，另一个人在后面，然后后面的人拍前面同学的肩膀，拍右肩，让他右转，拍左肩，让他左转，双手落双肩是暂停走路，20 多个人一起做这个游戏，也会有些碰撞，非常有意思。

下午我们先去了贝肯霍夫酿酒厂，工厂里到处都弥漫着酒香；接着我们又去了西部森林的啤酒厂，里面设备非常先进，德国的工业化生产非常出名，几乎没有几个员工在其中工作。

非常期待着明天的探险游戏！

（五）2017 年 10 月 20 日

【镜头十三】别出心裁的城市探险游戏比赛

早晨细雨微濛，不过原定的城市探险游戏比赛仍然按时进行，双方学生先聚集在教室里，由德方一位酷帅的英语老师尼克欧讲解整体游戏内容，然后大家来到室外逐项进行。

活动 1：运动场上，投“保龄球”挣资格分，达 40 分线则获得一个寻宝线索。

活动 2：散步到另一处街角，德方学生展示图片，中方学生猜单词，猜对再得一个线索，就是一张二维码。

然后大家一路上坡，来到半山腰一处观景台，欣赏雨中的韦斯特堡小城，突然感觉校方似乎特意安排这个节目，等于是带大家来雨中游历一下附近的街景民居，感受小城的美丽风光。

活动 3：大家来到附近海拔最高的一处很有名的城堡，尼克欧老师介绍说很多年轻人在这里举行婚礼。又一个挑战开始，德方学生提出一个关键词，中方学生要迅速说出 5 个以上的英语单词，则得分。

活动 4：下山来到一处美丽都街边花园，潺潺的小河水就在身边的树林间哗哗流淌，很难想象，这里竟能将半边密林水色和半边城市建筑结合得如此自然。如此宜人的环境里，双方又进行了一场乒乓球投掷对抗赛。最后中方学生获胜！

活动 5：漫步回到学校教室，德方老师尼克欧布置了一个任务，按照照片上的模型，中方学生要用纸张制作一个结构，需能够承受其余所有纸张。姑娘们迅速分工合作，作品成功达标。

【镜头十四】美食 DIY

接近午餐时间，学校精心安排了一个德国美食制作活动。大家来到整洁干净、工具齐全的学校食堂工作间，在德方师生的指导下，中方学生分组动手，每组完成了一道食物的全过程制作，有火腿丁面包饼、土豆汤、奶酪苹果酱。一番劳作后，坐在雅致的西餐桌前享用自制的异域美食，别有一番风味。

(六)2017 年 10 月 23 日

【镜头十五】企业管理人的模拟展示课

新的一周开启，7:50 分，同学们已经习惯于在这天色微亮、教学楼内却灯火通明的氛围中，进入德方学生的课堂。

第一节是工业管理人职业培训专业课。中方学生分组和德方学生坐在一起，了解交流课程内容。10 分钟之后，在授课老师克瑞斯蒂安的指挥下，中方学生全部轮换座位，和另一组德方学生继续交流。十几分钟后，再调整座位。这种方式可以让双方学生充分认识彼此。每组德方学生手中有一个或两个公司广告册，学生假设自己是这家公司负责产品生产的管理人，大家在讨论如何管理好生产过程，并向中方学生介绍公司产品。

这节课似乎是非正式的成果展示课，以小组内交流方式进行。在上这节课前，德方学生应该是做了充分准备，搜集资料，梳理信息，形成观点认识，讲给中方学生听。

【镜头十六】温馨有爱的保育实训课

第二节课是保育专业实训课，大家一来到实训室外，就被门口四个大大的汉字“欢迎光临”感动了，而感动不仅于此，保育专业每个学生轮流给大家讲解演示婴儿护理的其中一个主题，实训教室里每一处墙壁上都张贴着和主题有关的海报，海报上图文并茂，还有中文标题。德方教师介绍说，学生们设计制作这些材料都准备了一周的时间。讲解演示护理后，有的内容会请中方学生体验操作。大家听得很认真，积极参与，模拟怀抱婴儿的姿态显得爱心满满。

【镜头十七】第二次推介会

中午，大家再次来到大会议厅，德方组织了第二次大规模的推介会，是另一批高年级学生参加。介绍起青岛、我们学校、学生自己，师生们轻车熟路，更加自信从容了。现场气氛非常好。一个意外的惊喜是，今天是我们访学团成员李星儒同学的生日，德方老师克瑞斯汀带领全体德方学生唱起德语生日快乐歌，友好热烈的气氛洋溢在整个会场。据说，推介会后当即便有两名德国学生申请参加下一次的访学项目。

【镜头十八】游览森林自然保护区

姜心怡 10 月 23 日活动记录稿(节选)

下午我们去游览了一个自然保护区。走进大自然的绿色标志——森林，一股清新的空气立刻迎面扑来，仔细闻一闻那新鲜的空气中散发着的松脂的清香，隐约还流露出森林特有的气味，那是一种淡淡的、令人神清气爽的甜味。地上布满了火红的枫叶就像一层厚厚的毯子。因为刚下完雨的缘故泥土是松软的，我们就好像走在了棉花上一样软软的。每当走到一个地方德方老师都会给我们讲述一个故事，让我们更加了解，更加接近这一片森林。

“空山新雨后，天气晚来秋。明月松间照，清泉石上流。”在美丽的风景中感受大自然的独特魅力，让我们更期待明天的到来。

(七)2017年10月24日

【镜头十九】跨境电商项目交流三

今天进行第三次项目交流，再次来到熟悉的教室、见到熟悉的德国学生，大家已经完全没有了陌生感。我校学生首先给德方学生展示我校的电商网站，介绍网站上展示的中国特色商品。德方学生觉得十分便宜，很多东西比他们看到过的同类商品几乎便宜了一半还多。

这节课的另一个重要任务，是收集上次项目交流时布置的调查问卷结果。每个德方学生将之前收集好的10张商品问卷调查表的结果翻译成英文，中方学生再将其翻译成中文，进行数据分析，形成某商品的问卷调查报告。

【镜头二十】美发体验的模特们

看到日程安排上的美发课，爱美的姑娘们早早就心生了几分期待。在美发专业实训室里，每个人可以从发型图片册里选择一种自己喜欢的发型，由两位德方学生合作做出发型。有烫卷的、染发的、辫发盘头的，大家很兴奋，但也不约而同地首先向发型师们确认了一个非常重要的问题：发型和颜色是一次性的还是持久的？得到一次性的回答后，姑娘们才放心地享受体验过程。两组体验结束后，德方学生忍不住好奇地询问起我们学校的学生纪律和管理情况。虽然爱美之心人皆有之，但身为学生的外事女生们还是自然而然地保持着一种习惯已久的仪表底线。

【镜头二十一】参观哈亨堡地区博物馆及城市游览

孙文婧10月24日活动记录稿(节选)

中午我们享用完美味的披萨并简单休息了一会儿后，便去参观了地区博物馆。而令人惊讶的是，带队老师及他的父母都来了，穿着当地传统服装，伴随着轻快的吉他声为我们带来了欢快的传统民谣。我想，当地的人们也一定有着如此欢快的生活吧！接着，我们跟随老师的步伐，参观了许多几百年前的老房子。听着各种有趣的事迹，慢慢品味着，脑海中浮想连篇。之后，我们绕着hachenburger参观了城堡，如今已租给银行或学校使用；还有整个区的象征物双尾狮；设计精妙的天主教堂……在回家的途中，我不禁感慨，这一天的奇妙旅程，不单单开阔了眼界，还获益良多。为了留住这些美好的瞬间，我拍了许多照片、视频，留着今后细细品味、回忆，一定很有意义。

转眼时光飞逝，来德国也已八天了，在这最后短短的两天里，珍惜吧，抓住最美好的瞬间，留下最美丽的回忆。

(八)2017 年 10 月 25 日

【镜头二十二】上午参观陶瓷博物馆

本以为比起陶瓷，中国应该是世界之最的，没想到进入展厅，大家便惊喜不断。展厅里的瓷器琳琅满目，艺术气息浓厚，很多作品设计不局限于一般中国陶瓷制品的那种用于生活器具、装饰摆件的范围，这里的陶瓷作品几乎无所不能地展现各种主题和意境，造型想象力丰富，很有内涵深度。随后大家参观了陶瓷制作工厂，还每人亲自动手给一个小陶瓷天使绘上色彩，大家各自发挥想象，安静地沉浸在自己的艺术创作之中。

(九)2017 年 10 月 26 日

【镜头二十三】跨境电商项目交流四

今天是离开德国前的最后一天。早上大家来到教室进行最后一次项目交流，中方学生对之前做的商品问卷调查报告继续进行修改，细化完善，并以纯英文论文方式呈现，然后选择五名中方学生上台用英语讲解，德方也有五名学生上台对整个项目进行了总结发言。大家表现都非常出色。曲老师还拿出五双工艺筷子奖励给这五名积极参与发言的德国学生，他们都非常惊喜。项目交流结束后，德方老师赠送了每位中国学生一份精美的礼物，同学们非常感动。

【镜头二十四】参观哈勃特斯诺夫农场

宋子瑛 10 月 26 日活动记录稿(节选)

怀揣着对课堂欢乐气氛的留恋与对下一站的憧憬，我们驱车来到哈伯特斯诺夫农场。一下车，我们就听到牛犊哞哞的叫声，接着映入眼帘的就是硕大的牛棚和成群的奶牛。农场主先生与他的妻子热情地向我们介绍农场的情况。牛的粪便用来为草料施肥，草料再经过加工作为奶牛的食物。同时，牛排出的气体包含大量二氧化碳，但德国对二氧化碳问题非常重视，所以牛排出气体里的二氧化碳又被用来发电。当我们听完这一系列的循环系统，不得不佩服德国人对自然资源的分配能力与保护自然的意识之强。随后我们参观了全自动的挤奶房，紧挨着几千平方米的牛棚与 500 多头牛，但工人数量屈指可数，在科技与人类智力结合的工厂，牛奶生产井然有序地默默进行着，他们是大自然的守护者，牛奶的搬运工。

下午，我们参观考夫兰特超市。从来只是走马观花逛超市的我们，第一次很荣幸地进入超市的面包房和库房，深入了解看似平常普通的超市背后的巨大货物运输及保藏体系。同时，在店员的细致讲解中，我们在很多小细节中体会到德国超市的人性化：超市的商品价格牌使用类似电子书的电子牌，只需一扫描即可改变货物价格，同时促销商品为醒目的红色便于人们发现；超市回收的空饮料瓶也使用全自动的回收设备，当回收箱满了后便会触动铃声通知店员；超市每一大类商品的墙面粉刷成不同颜色帮助人们辨识；付款处还有无人付款机，人们可以轻松地完成自主结账……参观完，我们由衷发出对德国人要紧认真态度的赞叹，这个规模不小的超市中，一共 85 名员工只有 8 名是全职员工，却将超市打理得井井有条，令我们折服。

充实的一天在惊叹与欢乐中度过，每一处小细节都让我们从心底对德国这个国家与德国人民心生敬佩。人们思想的活力碰撞出创新的火花，在这个平行世界中创造令人叹为观止的产物。我们将把所见所闻深深印在脑海中，留下永恒记忆。

作者简介：

王春，女，1977 年出生，青岛外事服务职业学校总务处主任。2017 年 10 月 16～27 日，作为带队教师参加学校组织的赴德国韦斯特堡职业学校首批研学团活动。

德国研学见闻录

青岛外事服务职业学校英语教研组　曲　红

2017 年 10 月，经过烦琐紧张的前期准备和有序高效的培训后，我校 14 名师生对德国韦斯特堡职业学校进行了为期 10 天的首次研学旅行，这次研学之行对于我们来说是难得又难忘的一次经历，作为此次研学的带队老师也让我亲身体验了德国教育和德国生活。

1. 走进德国课堂

德国韦斯特堡职业学校的教室都没有门，学生说话声音很低，课间也很安静有序，如有考试班级，把活动白板拉到门口就可以隔音。课桌都是三角形，小组讨论时四个课桌可以拼成一个正方形的大桌子进行研讨，平时拉开独立使用，非常方便。学生早上 7:45 上课，一般到下午 3 点结束，不提供午餐，学生都是从家里带水果点心作为加餐，也没有午休和课间操，学习生活比较单一。由于地处黑森林区，地广人稀，大部分学生都是自己开车上学，校园有专门的老师停车场和学生停车场，极少看到大型车，基本都是轻巧方便的家用车。

2. 走进德国家庭

此次研学活动中我们受邀到四位德方老师家做客，德国家庭住房宽敞，都有花园和车库，主人们热情好客，用餐时大都自己取餐取饮料，主人也不劝酒劝餐，非常舒适放松。我们住在一对老夫妇开设的家庭旅馆里，每天提供的早餐基本是面包和香肠，辅以芝士和果酱，从食和住方面延伸出的，是中德的差异，也是中西思想和文化的差异。

3. 永远微笑的德国朋友

和戴尔校长初次见面，校长便告诉我们在德国每个人脸上都会常挂微笑，确实，与陌生人迎面相逢，都会热情地说 hello，见到的几个德国小朋友，虽然语言不通，都会冲你微笑，让人心情舒畅，这一点非常值得我们学习。拥抱是西方最常见的见面礼仪，德国人也一样，安慰别人拥抱一下，见面打招呼拥抱一下，临走道别时也要拥抱一下，有了这一个个拥抱，双方自然会倍感亲近与温暖。

热情好客的德国家庭

微笑的德国朋友

此次研学我深深地体会到两国之间虽然差异是难免的，比如与德方学生交流时，发现他们对中国知之甚少，由于不了解而引起的不适也必然存在，但依然可以通过研讨与交流，达成最终的共识，通过合作，奠定两所学校走向未来的基础，铸造友好的根基，使越来越多的外事学子走出国门，通过国际理解教育这一课题而终身受益。

作者简介：

曲红，女，1975 年出生，青岛外事服务职业学校英语教研组教师。2017 年 10 月 16～28 日，参加学校组织的赴德国韦斯特堡职业学校的首批研学团活动。

走近黑森林，品味德意志文化

——青岛外事学校赴德研学之旅

青岛外事服务职业学校英语教研组　张　晓

2018年4月10～20日青岛外事学校赴德国研学团第二批在德国韦斯特堡学校进行了为期12天的访问学习。我和杜鹃主任带领12名学生参与并圆满完成了韦斯特堡学校组织的各项活动。我们研学团的学生们训练有素，积极友好，给韦斯特堡学校的老师和同学们留下深刻印象，德方学校表示将继续和外事学校合作交流。而对接的德国小伙伴，更是对2018年10月份的回访充满期待。

此次访学活动项目丰富多彩，涉及课堂互动，实习体验，体育活动，户外拓展，博物馆学习，企业参观等。学生们在知识技能以及文化交流各个方面都得到了锻炼和提高。

近距离接触之后对德国以及德国人的理解更为深刻饱满。德国不仅仅是个工业大国，更是职业教育领先者。德国人严谨而又友善，规范而又幽默。德国人的教育理念，契约精神，人文关怀以及环保意识方面都值得我们深入学习。

一、教育理念

纵观世界教育，德国在高等教育以及职业教育方面都是处于世界领先水平的。尤其是德国的“双元制”职业教育更是做成了德国的特色。双元制能够实行并获得广泛推广得益于各个层面的支持。

1. 国家法律保障和企业支持

德国《联邦职业教育法》对中职教育提出企业规范。德国有名的企业GESTAMP汽车部件，ZOTH金属加工，BELL音响设备等都是韦斯特堡学校榜上有名的合作企业。选择职校的很多学生都是半工半读，一边在学校学习专业知识，一边在企业接受顶岗实习。

2. 师资配备以及培训制度

在德国，教师都是国家公务人员，受人尊敬，待遇优厚。要从事教育行业需要通过各种严格的考试获得资格认证。另外教师从业之后也会定期到企业或者高等院校接受专业培训和学习。韦斯特堡学校的老师都是兼任两门不同的学科，比如机械操作老师也同时教授羽毛球课。

3. 行业协会的支持和指导

比如护理专业是韦斯特堡的重点专业，他们会提供入职前的儿童或者老人护理职业培训（主要针对十几岁的青少年），也提供入职后的职业教育（主要是针对重新选择护理行业的成年人）。所以在护理班既有十五六岁的学生也有二十甚至六十岁的成年人。护理协会的工作人员也定期到学校组织活动，指导工作。在德访学期间恰好是护理行业二十周年庆典，协会组织护理专业学生开展了主题为“疾病和死亡”的作品展，协会人员负责评奖。

有了法律保障，企业和行业协会的双重支持和强大的师资力量配备，德国的职业教育才如此领先。这值得我们深入学习。

青岛外事服务职业学校赴德研学团受到热情欢迎

二、契约精神

如果要给德国人定义一个标签，“严谨”是最符合他们性格特点的描述。他们对工作和生活的一丝不苟，显现出德意志民族一直以来秉承的契约精神。

契约精神最明显的体现是德国驾驶人对交通规则的遵守和执行。如今交流沟通简便易行，世界各国的交通规则大同小异。但是像德国这样高速不限速的交通规则恐怕并不多见。起初对不限速的规定还存在恐惧怀疑态度，因为在国内听惯了“十次车祸九次快”的警醒语。真正到了德国才发现，司机在直行路上确实是疯狂驾驶，时速 140 很正常，170 甚至 200 也是经常出现。他们敢如此高速驾驶，是因为每一个要转弯的司机都会在路口停下，探头前伸左右观看两次，确保没有车才转弯，即使路上没有车也会在转弯路口停下重复左右观望两次的动作才起步开车。正是每个人的坚持，每个人都严格遵守规则，德国人才敢在直行路上“肆无忌惮”。

如果说交通规则是事关生死时速的大事，德国人严格遵守交通规则稀松平常。其实德国人的契约精神在小事上更是体现得淋漓尽致。我们研学团的行程安排每天都是严格按照分钟来进行的，集合吃饭，出发，接送，从来都是严丝合缝。负责接送我们的马克斯主任总是 7:20 准点到，既不会早来让你慌张，也不会晚到让你担心。

规定和规则上的细致给大家做了示范，可以说这就是德国人的严谨守规，其实深入人心的规则意识和契约精神更让我们敬佩。出行德国十余天，大街小巷各种道路都走过，几乎没见到交通警察，更少见到红绿灯，所有一切全靠大家自觉。这种守时守约的信念才是他们强大的根本。

感受德国教育

三、人文关怀

德国人将契约精神无限发展，但是他们严谨却不刻板，时时刻刻体现出他们的人文情怀。

说到人文情怀，不得不提他们国家的机械化，各种自主终端随处可见。比如超市的自助收银，自动贩卖机，割肉机，很大程度上解放了人工。最为贴心的是厕所的各种设置。感应灯就不用提了，洗手液、擦手纸都是感应设置，环保而且洁净。也曾经在参观的时候见过割草工人在劳作，他们耳朵上都带着护耳，用来降噪保护耳朵。

德国实行严格的一周 40 小时工作制，各种行业都是如此。这样他们可以有足够的时间来陪伴家人，培养自己的兴趣。诸如超市服装店这样的服务行业也是 40 小时工作制，周六周日商店闭门歇业。在德国，想要实现在周末逛街的愿望的概率是很低的。韦斯特堡当地的超市也会在每年春秋两季各有一天周日开门，这是经过了太多的讨论才实现的。

德国人的细致还体现在将一件小事做到极致，比如茶。为了照顾到不同人的不同选择，德国茶的口味多到你想象不到，上百种一点也不夸张，各种水果、蔬菜、糖果口味都有。

四、环保意识

德国在发展机械工业的同时，把环保也做到了极致。因为德国某些自然资源缺乏，在制造产业他们尽量将产品做到最好，有效地提高产品的使用频率和寿命，最终达到资源利用的最大化。德国制造的锅具和厨房用刀都可以用几十年，甚至上百年。

环保意识还体现在他们的建筑上。百年建筑随处可见，五六百年的古堡也并不稀有。这首先得益于建筑本身都质量过硬，另外也体现了他们的环保理念：将资源利用实现最大价值。

我们参观的酿酒厂酿酒剩下的酒糟，全部都有后续利用：一部分用于消毒，一部分用作农田肥料，最后剩下的用于牲畜饲料。我们曾参观的哈波特斯诺农场更是环保经营持续发展的典范。农场自有农田产出的作物苜蓿草给牲畜作饲料，牛羊的排泄物形成堆肥用于农田。另外一部分牛羊的排泄物也存于沼气池发酵沼气发电。每年产出的电量除了能维持农场运转外，还能输出变现。如此循环下来整体实现环保利用，持续发展。

企业在环保方面做到了极致，而家庭更是在垃圾分类方面严格执行。可利用资源和不可利用资源都会分类处理。比如洗手间的擦手纸都会被收集起来，再重新处理。尤其是可循环利用的塑料、玻璃以及纸张等都会被送到资源回收中心加工再利用。值得注意的一点是，资源回收中心是收费的。这是和我国最大的不同了。还有一点就是暖气设置，所有的暖气片终端都有调节装置，共有 5 个档，可以根据当天气温调节。这样一来既能节约能源，又能保障舒适体感。

10 天的行程我们所见的可能并不全面，但是总体感觉每一个民族能在世界之林上立足发展肯定都有各自独特的魅力吧。德国人的教育理念、契约精神以及环保意识让他们持续发展。同样他们也羡慕我们国家的发展迅速，经济实力越来越强大，所以需要我们不断交流，互相学习，在发展的路上越走越顺畅。

作者简介：
张晓，女，1981 年出生，青岛外事服务职业学校英语教师。2018 年 4 月 10～20 日，作为带队教师参加学校组织的赴德国韦斯特堡职业学校第二批研学团活动。

海之中那一抹动人的精致

——青岛外事服务职业学校赴日本学校考察纪实

青岛外事服务职业学校　姜封祥

2018 年 12 月，大陆北方已是瑞雪飘舞、天寒地冻；海之中的日本群岛上却还是树叶半黄、吹面微寒。在这个"貌似深秋时节"的冬季，作为青岛外事学校日本考察团的一员，应邀踏上岛国，去考察新的合作学校。尽管我自认是一个带有很深的民族情结的炎黄子孙，但依然为那一片天地，那一份人文，那一种教育中所体现出的精致而感动！

天地间，一种洁净的精致

此次考察，主要行程为冈山（仓敷高中）、大阪（JAC 教育学院）、东京（BJL 国际日本语学校、开智学园）、千叶（开智国际大学）。从上海转机到达日本的大阪关西机场，乘坐新干线到达冈山仓敷市，已是傍晚。第二天清晨，走出酒店，顿时感到这里的气候像极了郁达夫《故都的秋》里南国之秋的描写，"草木凋得慢，空气来得润，天的颜色显得淡"。无论是仓敷小镇，还是东京都市，天空一直是湛蓝的，没有一点雾霾；路旁的银杏微微泛黄，沿河的垂柳绿绦轻垂，河里锦鲤悠然洒脱，河面天鹅安然小憩，绿植中山茶花在灿烂地开放……一切一切在繁华中透着和谐。

日本的大街上几乎看不到垃圾箱，更不用说垃圾站了。无论是在银座、新宿的繁华街头还是在僻静小道，很少看到垃圾桶。走在日本的大街小巷，感觉街道环境好。没有空间设置行道树，每家每户，不论房子好坏，贫富贵贱，都要配有绿植。没有庭院空间造景的，起码也要在门前放置盆栽。而这种全民的热爱，并且愿意向着街道展示，这在很大程度上，弥补了道路绿化的不足。

整洁清新的环境格调。尤其在日本无论是宾馆、学校、商业景区还是街面、居所，所到之处真的堪称"纤尘不染"。虽说城市的街面狭窄看似拥挤不堪，但却井然有序、整洁利落、清新雅致。空气清爽湿润，一展海洋性气候的特点。

人文里，一种素养的精致

在几个城市的考察，主要乘坐新干线和出租车，得以近距离地接触最真实的日本社会。在新干线上，每个人都保持肃静，或闭目养神，或看书，或用手机回信息，或埋头享用一份便当……车厢安静得出奇；在街头，出租车基本上是老款的丰田皇冠，配上满头华发的司机，显得那样的合拍，没有喇叭声，一辆辆静静地有秩序地行驶。整齐划一的停车场，行人和机动车各行其路，显示了井然的交通秩序，没有人闯红灯，不走人行道。盲道直接修入市政厅内，即使在人行横道线上也设有盲道，公共场所有残疾人用的轮椅。

街面的便当、连锁店里、自动售货机、公用电话等设施安然无恙，公民的自觉道德意识维系着社会的治安。至于公共场所无吸烟、无大声喧哗、自觉站队等更是习以为常的规则。日本没有网吧，政府规定电玩城不许未成年人进入，那里绝对没有学生。公共场所你听不到大声喧哗，看不到随地吐痰和随处吸烟的人。日本人也很勤劳。据日本的朋友介绍，日本人每天都要工作到夜里十点多钟，如果早晨你乘坐地铁会看到匆匆的人群，那就是日本人繁忙紧张的工作的开始！

教育中，一种发展的精致

在冈山县，拜访了友好学校仓敷高等学校，进入校园给我们的第一印象是朴实整洁、干净、大方。不十分醒目的横幅校牌嵌在围墙上，青翠苍绿的花草树木装点着校园，清雅朴素的教学楼、别致的会客厅，格调不一的学生教室，一尘不染的地面，无不显现出清洁、整齐、纯朴。我们注意到了墙上没有电脑制作的彩绘喷图，室内没有考究高雅的装饰和布置，就连班级文化也是师生的徒手之作。

学校设立普通科和商业科，中国职业学校的学生只要日语等级达标，就可以插班就读，考取日本高校。高中段教育没有专门的德育课程，与德育教育相关的课程有“公民”课(包括现代社会、现代社会演习等)、“地历”课(包括世界史、日本史、地理等)，学校设有“家庭”课，教授家庭生活技能，还配备专门的家庭实验室，具有厨房设备供学生实践。在体育和艺术课程的开设上，设有“保体”课，包括体育每周2～3课时，保健每周1课时，音乐每周2课时，课程设置较为充足。课程的设置体现了以人为本、全面发展的宗旨。

学校的作息时间一般为9:00至15:00，社团活动和时间活动丰富，在仓敷高中，教学楼里张贴着各类社团活动的海报，各类社会事件的通知，校长很自豪地介绍学校交响乐团演奏的场景，学校的田径项目入选参加日本全国运动会等。学校多元化的学习内容和教学方式，使学生们得到的是整体意义上人的教育，得以获得全面发展而非只是片面地掌握知识。“培养孩子能够活用知识解决问题培养自律学习的学习态度”，这也是为什么日本近十多年每年都能产生诺贝尔奖(以下简称诺奖)获得者的原因所在。建立一个完善的教育体系，从初小开始，培养一代又一代人格健全、阳光自信、充满仁爱的学子，成就自己，创造价值。

教学楼一律换鞋入内，即便是陈旧简陋的楼道设施，纤尘不染及安全防护也是极具匠心的。楼梯也被充分利用为教学道具。学校里没有保洁人员，学生们需要自行清理校园内的区域，分组进行打扫活动，借此培养团队及互助精神。更重要的是，学生们能够从小学着尊重各种不同的职业。曾几何时，我们的校园之中卫生清洁等工作已有保洁人员负责，出于种种考虑，学生们劳动的身影越来越少，而今我们国家要求德智体美劳“五育并举”，我们的确是需要探索劳动教育的内容和形式了。

在德育教育方面，首先日本对东西方思想的大量吸收，并根据国情加以改造，以适应日本社会的需要。据开智学园的理事长介绍，日本在小学学段设立德育课程，主要内容是儒家思想，据了解儒家的许多思想如“忠”“孝”“礼”等都被吸收消化后成为日本儒学的重要组成部分。但对处于核心地化的“仁”这一范畴，却从来没有被日本人完全接受过，反而根据自己的需要，用“忠”代替了“仁”的地位，并重新解释为“对自己领主的无限忠诚”。其次特别重视团体主义教育，强调同家利益至上。团体主义是日本道德教育最根本的特征。团体主义在国家层面就是国家主义，日本公民教育始终坚持培养学生的爱国心。“日本人总是认为日本是一个很弱和易受攻击的国家。”生存危机时刻激励着日本举国上下把国家的前途和命运与个人的前途和命运联系起来。再者，注意渗透德育于其他课程之中。在日本学校中，除了专门的德育课和特设的德育活动时间之外，学校还把其他课程渗透于德育之中并在教学内容上与德育联系起来，联系各学科教学内容，使德育生动具体，使其在潜移默化中发挥作用。德育，其实存在于每一门课程和课程的每个部分之中，其他学科的教学同样承担着道德教育的任务。

1947 年 3 月 31 日，日本政府公布《教育基本法》，“完善人格”被确立为教育目的，为培养高素质的日本人指明了方向，成为日本现代教育发展的根本指导原则。以“完善人格”这一教育目的为指导、培养高素质普通劳动者的日本教育“在现代化中发挥了主要作用，这大概可以说是日本现代化的最大特点”。进入 21 世纪后，为适应日本经济社会的新变化和时代发展的新要求，日本政府对《教育基本法》进行了较大的修改。但是，在 2006 年 12 月 22 日公布的新《教育基本法》中仍然规定：“教育必须以完善人格为目标，必须培养作为和平民主国家和社会的建设者而具备必要素质的、身心健康的国民。”他们的教育方针中强调了符合人性特点的品格教育，强调德智体三项基本平衡发展，其中的德是指要培养学生丰富的情感，定义为通过多元的实践，珍视感动之心，重视礼仪与规则，尊重人格与生命。

我忽然觉得，在教育上我们需要做得更努力！“完善人格”的教育思想不正是儒家“修身齐家治国平天下”的核心主张吗？这不正是我们追求的“立德树人”的教育目标吗？只是如何去更好地落实，我们还在路上！只有在这种教育思想之下培养出的具有健全人格和人文情怀的学子，才能成为社会主义建设者和接班人，方可能成就和谐社会。

作者简介：

姜封祥，男，1973 年出生，青岛外事服务职业学校副校长。2018 年 12 月 16～20 日，参加学校组织的赴日本学校考察活动。

日本仓敷：一座被美术馆挽救的城市

青岛外事服务职业学校第二外语教研组　郑　燕

游

仓敷属于日本冈山县，日照充足，物产丰富。江户时代，被德川家康指定为江户(今东京)的主要粮仓，盛产优质稻米与棉花，也囤积临近地区生产的各种粮食。仓敷是本州通往四国的重要通道，仓敷川曾是重要的物资通道。

仓敷美观地区是仓敷川畔与鹤形山南山脚下的一小块地区。曾经作为幕府的之下领地和物资运输港口而繁荣。现依然完好地保存着江户时代、明治、大正时代的街区，白墙与黑瓦呼应的日本传统建筑鳞次栉比，仓敷川两岸杨柳依依，河畔店铺林立，有中国江南水乡古镇美景，却更多些幽静。

1944 年，美国为了取得对日作战的最后胜利，开始对日本本土进行大规模的轰炸。到 1945 年，日本已有 199 座城市遭到破坏，城市建筑被毁平均在 40%以上，最高达 90%。在这样大规模的轰炸中，日本西部地区的一座小城却由于当地的一座私人美术馆，幸运地让美国人手下留情……

这座美术馆就是大原美术馆，这座小城就是仓敷。

设立于昭和五年的大原美术馆，是日本第一座西洋美术馆，也是目前日本最大的私人美术馆。馆内展览收藏了众多广泛的艺术品，其中有埃尔·格列柯的《受胎告知》、克劳德莫奈的《睡莲》等西洋名画，日本的近现代美术，参与民艺运动作家的作品以及东方古代美术作品等。正是因为美术馆内藏品的文化价值，使得仓敷在美军的轰炸中幸免于难。

参观大原美术馆

住

住处ベッセルホテル附近有超市、24 小时营业的药妆店、王将饺子，生活比

较方便。日本的宾馆普遍比较狭小，但是处处都有温馨的提示，枕头的使用、马桶的使用、开水壶上的使用提示、浴缸的使用等，目光所及之处，无所不有。衣橱显眼位置挂着衣服除味喷剂，细微之处，处处让你感受到浓浓的人文关怀。

食

王将饺子是日本的连锁餐厅。主食为大阪风味的饺子（煎饺、锅贴），乌冬面。很多日本人吃饺子的同时，会点上米饭，可能是把煎饺当成一个菜吧。在异国吃到熟悉的美食，让你不再想家。

购

在这里，一条条充满怀旧魅力的石板路两侧，有不少将从前的土墙仓房和沿街房屋改装的咖啡屋、杂货店、美术陈列室等，是文具控、胶带控、吃货的天堂。

乌冬面和饺子

日本民居

感

1. 日本人的礼貌

给我留下印象的是新干线检票员，每核验过乘客一张票，都会恭恭敬敬地说“ありがごうございます（谢谢）”，不厌其烦，不会省略一个人。检验完毕，离开车厢时，回过身站定，鞠躬后再出车厢，无论乘客看不看得到。校园里，哪怕迎面而来的是一辆车，穿着漂亮的制服的学生都会稍微停一下，在车里听不到声音，但可以从他规规矩矩的鞠躬，从他对你的注目中，从他的嘴型中，猜到他在打招

呼的内容“おはようございます(早上好)”或是“こんにちは(白天好)”。

参观校园时，看到教室墙上贴着的，打招呼的提示：要与校园里见到的所有人打招呼，停留0.5秒，总是用阳光的、大的声音，自己主动开始，持续下去。

也许是良好的学校教育，根植于学生内心，化为了习惯，并最终上升为一种民族气质。

2. 日本人的秩序感

在日本乘扶梯，你总是能看见这样的风景——守规矩的日本人排成一排，站在扶梯左侧，不管有多挤，右边的空间永远都留给赶时间的人。这是约定俗成的规矩，日本人从小到大在潜移默化间深入骨髓的行动准则。

日本人的秩序感，还体现在物品的摆放上。ベッセル　ホテル对面有个超市，晚上9点打烊，在打烊的提示音反复播放后，我们又去匆匆买了个牙膏，这样我们就成了超市的最后几位顾客，收银员还是一丝不苟地把为我们收过款的商品整整齐齐地码放在你的购物筐里。在关西机场行李托运时，日本工作人员标准的动作，整齐的行李摆放，也会让你的内心为他们的秩序感为之一震。

会议室整齐叠放的桌子

提示：

(1)交通：关西机场乘JR新干线，从新大阪出发，40多分钟可以抵达冈山，再换乘前往仓敷的普通JR，十多分钟就能到仓敷。

(2)地图：手机下好谷歌地图。

(3)通讯：手机开通全球通业务。流亭机场租个随身WIFI，2～3人可以共享。

(4)电源：日本电压一般为110 V，现在中国手机充电器一般为100～240 V，在日本可以直接使用。

作者简介：

郑燕，女，青岛外事服务职业学校日语教师。2018年3月26～31日，作为带队教师参加学校组织的赴日本仓敷高中的游学活动。

邮轮初体验："中华泰山"号福冈济州岛五日游

青岛外事服务职业学校英语教研组　刁　媛

邮轮介绍

"中华泰山"号邮轮，隶属于中国首家国际邮轮公司——渤海邮轮有限公司，该公司成立于 2014 年 2 月，是渤海轮渡股份有限公司全资子公司，总部设在中国香港。

"中华泰山"号邮轮船长 180.45 米，船宽 25.5 米，总吨位 2.45 万吨，拥有 927 个客位，邮轮备有多达 400 多间欧式风格。

航程介绍（福冈济州岛 5 天 4 晚）

D1：青岛国际邮轮母港起航；

D2：福冈停靠，上午太宰府观光，下午福冈塔外观，免税店购物；

D3：海上巡游，济州岛停靠，游览龙头岩、免税店＋乐天两个购物店；

D4：海上巡游；

D5：返回青岛国际邮轮母港。

航程费用

高级内舱双人房 1700/人，高级海景双人房 2000/人，高级阳台双人房 2500/人。

前　言

邮轮的原意是指海洋上的定线、定期航行的大型客运轮船，"邮"字本身具有交通的含义，而且过去跨洋邮件总是由这种大型快速客轮运载，故此得名。通常所说的邮轮，实际上是指在海洋中航行的旅游客轮，现在比较大的邮轮公司有皇家加勒比、歌诗达、地中海、丽星等。

国际邮轮是现在最新的热门行业，随着 2015 年青岛国际邮轮母港的建成，青岛开始进入真正的邮轮时代。我们学校的领导敏锐地抓住这一导向，率先在职业学校开辟国际邮轮专业，为了让授课教师和班主任切身体验邮轮为何物，我校领导派两位班主任、一位专业课老师乘坐“中华泰山”号，去体验邮轮为何是“五星级海上移动旅店”，去了解本专业学生将来可以有怎样的工作环境和培养方向。

第一天

你有护照吗？有护照就可以去邮轮来一次“说走就走的旅行”。大大的行李往船舱一放，整个假期就不用像蚂蚁一样扛着大包到处走了。登船是个完全新鲜的体验，先在青岛国际邮轮母港的大厅登记、入团、验证身份，然后安检，边境安检＋邮轮自身的安检双重手续，所以显得比较烦琐。安检结束之后，通往邮轮的是一个长长的廊道，会路过一个国内的免税店。通过重重检查后，迎接我们的，就是身着和服的船员热情的笑脸和洗手消毒液，登船时还莫名其妙，怎么有人站在入口处给每个人倒消毒液，后来每天进餐厅都必须经历也想明白了。近2000人在一艘船上共同生活五天，如果万一有个什么传染病就很麻烦，所以船方设想得非常周到，防患于未然。

登船入口有专人收集护照，直接交给船方保管就可以了，到日本和韩国下船的时候会统一发放。“中华泰山”号船并不大，属于国内比较领先的邮轮了，外面是翻新过的。

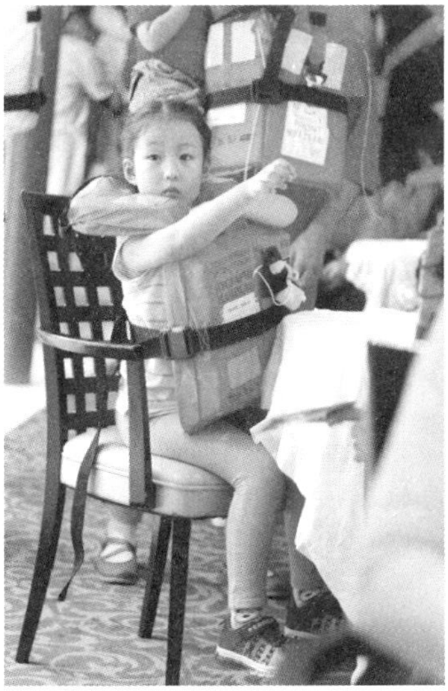
海上救生演习

终于登船，离全体集合进行救生演戏还有段时间，在我们的海景房里眺望了一下港口和远处的海水。华灯初上，在船舷大体浏览了一下全船的风光，各个角度拿着围巾拍拍照。

广播里响起海上救生演习的提醒通知，这个是所有人必须参加的，船上醒目位置都有穿着救生衣的船员指引“人生船不熟”的游客们前往指定地点“剧场”集合。

救生演习关乎每个人的安全，我们认真地听了中英文的讲解并且进行救生衣试穿，研究了逃生路线，确认救生艇的位置，才放心。我们在五楼，一旦有紧急情况，坐电梯不太现实，需要通过比较窄的楼梯，跑到三楼。救生演习后我们三个直奔自助餐厅，民以食为天嘛，可是略显混乱的就餐状况，让我们很吃惊，除了VIP座位是预留之外，其他人都要有一个站立等待和被催速食的过程。鲁菜特色，相当于四星级酒店的自助餐。后来船方安排按照房间号码，错峰进餐，减少排队，还是很合理的。晚上没有进入公海，剧场我们也没去，静静地睡觉。第一天，除了跟餐厅服务员和前台有一定的接触外，没有见到其他人。

第二天

天渐渐放亮，一大朵云遮住了太阳，云层上方镀了一层闪闪金边，下方也射出一边红光，云层虽厚，却挡不住太阳的万丈光芒。

海上第一天的日出，虽然从头到尾都没看到太阳公公的真身，满足感却是十足的。在海上漂了大半天，船前船后左舷右舷，酒吧、廊道、烤肉区、活动区、剧院、美容美体、艺术画廊全都访问一遍。

在福冈半天的时间，按照规定行程，是11点福冈塔晃一圈，游玩太宰府，在太宰府附近吃午餐，再去免税店购物，19点回到船上。重要提示：因为是邮轮登岸，所以不需要办签证，入境时海关会在护照复印件背后贴上上岸许可证，切记不要弄掉，不然无法登船。

整个登岸过程非常顺利，也超级快。在领队事前通知的剧院集合，听从工作人员指挥按团队号依次下船，记得把房卡挂在脖子上，入境时需检查。

在入境大厅大家根据各自的团队号集合，与当地导游汇合，由地导带着去停车场上车，果然跟团就是很省心。

第一站，福冈塔外观。这个塔和青岛电视塔差不多高，我们还看到了“歌诗达”号邮轮，原来不同的邮轮根据收取的费用，停靠的母港也不一样，“中华泰山”号停得比较远，需要再坐半个多小时的车才能到福冈，而大型的邮轮会在福冈本地停靠。

第二站，太宰府天满宫供奉的菅原道真公，在日本誉为“学问之神”与“书法之神”，已有1100年的历史，受到全日本的尊敬。这里是祈求金榜题名的圣地，许多疼爱孩子的家长和高考在即的高中生都来此求其保佑，每年有多达700万的人来此参拜祈福，在小木板上写下他们的愿望。

太宰府天满宫

来太宰府的当地学生还是很多的，整班整班一起来，他们的礼仪和素质，在静悄悄地行走和遇旅行团的避让可以看出来。更让我们震惊的是日本没有垃圾桶，所有的垃圾自产自销。在公共厕所外面设立的垃圾桶，据说是专门为了游客设计的。游览半天回到船上意犹未尽，日本这个民族的自律自强、青年一代的谦和有序、阳光运动，让我们这些教育者对我国的体育与安全的教育重新思考。

第三天

第三天，船上举行了红领巾派对、魔术展演和卡拉OK，活动多种多样，看着身边男女老少一起闭上眼睛做眼睛保健操，熟悉的音乐一出，满满的年代感溢屏而出。我们考察发现，在邮轮工作，如果你有音乐、舞蹈、调酒、咖啡、主持、魔术、摄影、化妆、游泳、弹琴等特长，会有更加广阔的发展空间，所谓技多不压身，希望我们这个专业方向的同学们，或者以后工作的时候想尝试邮轮工作的同学，多学习特色课程，多培养一技之长，让自己的工作丰满而且立体有发展空间。

在济州岛，整个上岸时间非常短，只有一个下午的时间，跑一个景点两个购物点。景点是龙头岩，就是海边的一块岩石。

今天天气真的非常好，阳光无比灿烂，连带着海边的风景等级也连跳两级。济州岛的海边没有东南亚这种沙滩，因济州岛本身就是火山喷发形成的，海边都是火山石形成的岩石。导游千叮万嘱，不要没事捞块火山石带回去玩，过海关时会有大麻烦。

景点附近不少小吃摊，嘴馋的朋友可以尝试下，记得事先准备好韩币现金。另外，济州岛特产的橘子不能带上邮轮，下手请谨慎！

从龙头岩到免税店的路上，导游就开始不遗余力地推销韩国的化妆品，正好还有“十一”活动，打折购物满1000还是2000人民币左右就有退税和打折返现金的优惠。感觉邮轮的随队导游也是一个不错的工作，因为对方都有地接，所以语言不是障碍，只需要操心点人和召集人，注意大家的安全强调好时间就好。

第四天

第四天，海上漂泊的一天，美美地睡个懒觉，船上各层到处再看看，甲板上拍拍照，好好享受享受邮轮度假生活。

同行三人

仔细地去了解了一下美容美甲的工作，美容美甲隶属于stainer公司，不是邮轮公司直接招聘，而是全球隶属于这家公司统一分配。需要应聘的人员去学习实践技术，通过之后，语言过关，通过手工技术和推销化妆品护肤品，赚得小费，是船上比较轻松有专业性的岗位。

第五天

第五天，邮轮上准备了丰富的活动。比如儿童会专场，小朋友和老年朋友的老鹰捉小鸡，活跃了整个船尾休息期间的气氛；在这个位置我们待的时间比较长，在不同时段还举办了魔术专场、披萨制作课程、毛巾折叠艺术展和踢毽子比赛等。

青岛国际邮轮母港

10 月 8 日，美美地睡了一觉之后，我们已经到达胶州湾畔，等待着船方发放各项证件，办理下船结账和退费退网等程序。历经五天四夜的行程，我们认为邮轮旅行是一个享受慢生活的度假方式，是“向往的生活”，邮轮是“五星级海上移动旅店”，在邮轮工作标准高、要求严，接触的同事来自五洲四海，英语是最基本的语言，在休工期间，可以免费向同事学习烘焙、调酒、咖啡、折纸、乐器、舞蹈等，还可以随同客人下船游览，随着每个船期航线的变化，可以领略东亚、南亚、欧洲、北美、澳洲甚至北冰洋的风光和人文风俗，是一个边玩边赚钱的行业，有机会接触不同肤色、不同性格、不同技术的同伴或者是客人，是当之无愧的 21 世纪浪漫的朝阳产业。

作者简介：

刁媛，女，1983 年出生，青岛外事服务职业学校英语教师。2015 年 10 月 4～8 日，与同事徐美堂、杨晓丽参加“中华泰山”号邮轮福冈济州岛 5 日游。

2017年泰国博仁研学实录

青岛外事服务职业学校英语教研组　方　萍

一、泰国博仁研学项目背景和意义

2017年5月22日，青岛外事学校与泰国博仁大学签署了友好合作意向。此次签约仪式是以促进中泰两国文化交流与建设为目的，以服务中泰两国“一带一路，泛亚铁路”国际性项目人才培养和输送为目标，使学生有机会走出国门接受更高层次的专业知识，成为掌握中文、英文、泰文的商贸、旅游、金融、艺术设计、教育类的高品质人才。

泰国博仁大学在泰国是仅次于朱拉隆功大学和清迈大学的一所私立大学，泰国留学采用中式管理、西式教学的方式，专业对口，费用相对低廉，就业前景广阔。这些对有意向出国深造的学生极具吸引力，很多学生提出了希望能够去博仁大学实地考察，为未来的继续深造做好准备的意向。针对这种情况，我们与博仁大学安排了这次研学活动。

青岛外事服务职业学校赴泰国博仁大学研学团

二、准备工作及学生的遴选

前期通过班主任例会和班长会使全体同学对此项目有了大致的了解，通过预报名的方式40多位同学参加了博仁大学的宣讲说明会，对大学和这一项目有了比较详细具体的认识。

根据我校赴友好学校访学的推荐办法，本着面向全体学生，自愿报名、公开选拔、公平竞争、择优推荐的原则。我们从量化考核级别、外语成绩、教师推荐、出勤、特殊贡献、体育艺术特长和发表作品六个方面核定分值，确定了此次赴泰国访学的学生名单。

三、研学之旅实录

Day1：我校师生一行10人从青岛流亭机场登机前往泰国曼谷，到达曼谷后我们被安排入住博仁大学的学生宿舍，这里距离学校大约两个街区，宿舍内有专人负责清洁，出入需要门禁卡，宿舍环境既安静又整洁，同学们都是两个人一个房间，有独立卫生间。大约是出发时比较兴奋，在飞机上也没有好好休息，到达曼谷时同学们已有些疲惫，所以破例让大家睡了一个“美容觉”，第二天的早餐时间推到了10点。

Day2：在博仁大学老师的带领下我们参观了校园，博仁大学也是一座有几十年历史的著名学府，它的人文、经济、社会科学在泰国的大学中占有一席之地。校园内绿树掩映，流水潺潺，热带风情的建筑点缀在校园的各个角落，现代化的教学楼、图书馆、体育馆矗立其中，形成了一篇和谐的交响乐，令人徜徉其中、回味无穷。走累了大家就在校园里找了一间咖啡馆，稍做休息喝点饮料，当然我们大可不必坐在咖啡馆里，校园的道路两边都设置了桌椅，有好多的学生都在此自修或是三三两两进行小组讨论，安静的环境、良好的氛围一幅欣欣向学的美好景致。下午，同学们去学校周边的水果市场做了市场调研，芒果、榴莲……还有一些当地的小吃，真的是让人大快朵颐！

Day3：学校餐厅有泰餐，随着到这里的中国留学生的日渐增多，餐厅还有专门的中餐区，选择还是蛮多的。吃过早餐，同学们来到教室上礼仪课，博仁大学的Lucky老师面带泰式灿烂的微笑用泰语和大家打招呼，并用中文带领大家了解泰国位置概况、人口、宗教和主要的几个大城市，同时教授大家泰国的基本礼仪，拜佛时的礼仪，见长辈的礼仪，同辈朋友之间交往的礼仪，包括男女之间的差异，从中可见作为一个佛教国家，当地人民对信仰的虔诚，对长辈的尊敬，对朋友的友好。下午，我们和中国留学生进行了面对面的交流，留学生们畅所欲言，谈到了泰国留学的优势：既能享受到国际化的教学理念和教学资源，还可以享受热带风情的教学环境，出国留学的价格并不比在国内一线城市读大学的价格高；当然，作为留学生首先要适应当地的生活环境，尊重当地的文化和宗教信仰，还要努力学习取得一个比较高的学分。

Day4：今天 Lucky 老师带领我们学习基本的常用泰语：打招呼、问候、询问对方的意见看法。因为泰语语音和语调比较复杂，同学们在练习时也是笑话百出，还好 Lucky 老师真的是很有耐心，不厌其烦、一遍遍地给每位同学纠正。看到同学们能够准确地说出一些句子，Lucky 老师给大家布置了一个任务，分组让同学们到校园里用自己刚刚学习到的句子去结识新的朋友。同学们愉快地接受了任务，分好组后迫不及待地冲出了教室，找到目标想要用刚刚学到的泰语交流时突然有点语无伦次的感觉，还好其他组员及时跟进，你一言我一语勉强完成了任务，通过实践学习，大家成功走出了语言学习从习得到交流的一步，增强了学习泰语的兴趣，收获了自信。回到课堂 Lucky 老师指导同学们用手机登录进入测试平台，通过在线测试完成了本节课的总结。

Day5：泰国曼谷佛教文化一日游。泰国崇尚佛教，到泰国旅游会看到遍布各处的寺庙，同时，泰国也是一个君主立宪制的国家，国王在泰国人民的心目中有着极其尊贵的地位。我们去的大皇宫就是泰国王室的宫殿，始建于 1782 年。它规模宏大、金碧辉煌，现在主要用于大型典礼和宫廷仪式，平时作为游览场所对外开放。去大皇宫不能穿短裤等过于暴露的服装，进入宫殿内部参观要脱掉鞋子，内部绘画装饰极尽华美，这里的建筑多是佛塔式的尖顶，阳光的照耀下金光灿灿，草坪上栽种着菩提树和其他的热带树木，吸引着世界各地的观光客。

Day6：本次泰国之行的最后一天，我们跟随博仁老师学习花环制作。在泰国挂戴花环花串是一种风俗，而且这些花环花串都是手工制作的，学校给我们准备的是茉莉花花环，扑鼻的香气让人禁不住深吸一口气。大家随着老师的指导穿针引线拈花成串，尽情发挥创作属于自己的花环作品，随后大家纷纷戴上自己的手作在镜头下拍照。佩戴花环寓意吉祥，表达敬意，常常出现

学习花环制作

在泰国的欢迎仪式，皇家活动，佛教聚会等场合。今天，我们也不例外，来到校园一角的礼佛区，表达一份属于自己的敬意。同时也完满结束了泰国博仁的研学之旅。

“纸上得来终觉浅，绝知此事要躬行”，研学期间同学们注意到泰国马路上没有斑马线，行人过马路时机动车都会停下来，非常有序，这令同学们啧啧称奇、赞叹不已；公共场合绝少大声喧哗，当地人不管男女说话都比较温婉，讲话时会面带微笑。“世界那么大，我想去看看”，泰国博仁的研学之旅开拓了我校和东南亚国家校际的交流与沟通，同学们用眼睛去观察，用心灵去体悟，丰富了自己的人生经历，也使自己获得进步与成长。

作者简介：

方萍，女，1975 年出生，青岛外事服务职业学校英语教研组教师。2017 年 11 月 12～17 日，作为带队教师参加学校组织的赴泰国博仁大学第一批研学团活动。

教育合作新起点，人文交流新未来

青岛外事服务职业学校英语教研组　盛晓梅

随着“一带一路”倡仪的实施，我国与沿线国家的合作与交流日益加深，国家急需大量通晓沿线国家语言，熟知当地政治、经济、文化、宗教等国情的专门人才。为打造“外语特色”、适应专业需求，加强复合型人才的培养，学校与泰国博仁大学合作，于 2018 年 9 月开始组建“泰语特色班”。

9 月 20 日，经过前期紧锣密鼓的筹备，包括广告推广、校园宣讲、个人申报、名单审核、特色教室装配、授课教师筛选，在学校各方的积极配合协调之下，师生期待已久的泰语特色班终于开课了。随后借助学校的支持和东盟国际学院迟少君主任的协调，注重契合国家一带一路的思想，结合我校国际理解教育的课题研究，来自中国海洋大学的卢奎成博士在授课内容设置上以兴趣为主，分别开设同学们比较感兴趣的文化、服装、饮食、化妆等主题，让大家接触到了真正的泰国文化，从而认识这个国家，走进这个国家。11 月 19 日，泰国格乐大学陈秋声院长到我校洽谈，为广大师生做了翔实的学院课程介绍。

12 月 2 日，在前期于越校长的积极协调下，赵蔚、聂晶、李先涛主任的积极配合下，由泰国博仁大学中国—东盟国际学院迟少君老师、毕建英老师和我带领 18 名同学由青岛流亭机场出发，开启了为期 6 天的愉快而有意义的泰国研学之旅。

一、研学，突出一个“学”字

12 月 3 日凌晨 3 点抵达曼谷机场，清晨 8 点全体师生不顾旅途劳顿，已经精神焕发地走入泰国历史上第一座私立大学——格乐大学的曼谷校区，校方领导在满缀金莲花的校门口热情迎接了我们师生一行。在宽敞明亮的会客厅中，研学项目的泰方负责人做了详细的项目说明，包括格乐大学的历史沿革、授课设施、学制设置、课程规划等诸多细节，使同学们对这所历史悠久的学校有了初步的认知，同时也激起深入了解泰国大学办学风格的兴趣。

走进格乐大学曼谷校区

在接下来的日程中,我们走进了真正的课堂,与当地同学一起上课,体会了中、泰、英多种语言互动的教学模式。艺术课上,以音乐为媒介让大家跨越了语言障碍,融入课堂,与当地同学一起击鼓、会歌、游戏,积极互动,乐在其中。随后,我们走进空乘实训室,同专业的学生与教师进行了深度的交流;而走进模拟法庭,更是让孩子们有了身着法袍的机会,过了把法官瘾。

在参观活动的尾声,校方为同学们举行了隆重的证书颁发仪式。不知不觉中一天的时间过去了,其间,泰方老师细心地为同学们在图书馆安排午休,同学们有机会接触了满溢泰国佛教文化色彩的各色图书。丰盛的泰式午餐让这些在海边长大的孩子体会了海鲜的别样风情。

行程中的第二所大学为博仁大学。漫步在美丽的热带校园,行走于风格迥异的各色功能教室之间,同学们主动用英语与工作人员沟通,了解设备的使用,器械的操作。对于大幅的俊男靓女的招生海报、巨大的中文校名,大家更是惊诧不已,倍感亲切。对于异域文化的强烈好奇心,我们抛出了一个又一个问题,关于宗教礼仪,关于学科设置,关于学制分配,关于学位规划,关于学分获得,把陪同的专家们忙得不亦乐乎。

二、研学,强调一个“研”字

在开启本次研学旅行之初,我为同学们设置了一个提纲性的日志报告单。请他们每天把所见、所闻、所感记录下来,作为以后形成研学报告的依据,报告单是用简单易懂的英文勾勒的框架,并没有做硬性的语种要求。可爱的同学们不知带着多么为难的情绪，开了多少次小型讨论会，有10位同学生用英文完成了表格。于我，则是一阵窃喜，虽然依然有语法错误，可是有什么能大过语言实际应用的收获呢？而这些只是开始。异域他乡，孩子们用自己的英文沟通能力成功地完成了生活购物、海滩租赁、点餐预约、宾馆共享、网络开放等一项项闯关活动，惬意地度过了六天半中半英半比划的生活，而且由衷地表露日后加强英文学习的心声。有个同学在归国学习规划一栏更是提出学点有用的英文的申请，在后期沟通中，我为他确定了一个小课题，收集一下本次泰国研学旅行中各个活动与生活场景中究竟需要哪些基本英文应用。这件事让我深切地感受到语言应用性的教学改革迫在眉睫。如果大胆地将教学过程比喻成市场关系，这供与求的关系和求与供的关系谁占主导呢？答案已不说自明。做一次深入的英文实用性学习内容调查报告成为我给同学们布置的共同研究课题。

文化差异的冲击来得那么迅猛。来自陌生路人善意的微笑，让孩子们理解了和善的本真；看不懂的“蝌蚪文”并没有阻挡孩子们学说泰语的热情，很明显那几天大家说话的分贝都降了不少，温柔了许多；玉佛寺的参观，让大家近距离感受了源远流长的泰国佛教文化艺术；从同学们每日提交的记录中感受着他们强烈的好奇心，旺盛的求知欲。好在发达的网络让他们的许多问题迎刃而解。在信息网络化的今天，知识与技能的习得是在日后的学习中可以完成的，也是最容易实现的目标，而发问的勇气、质疑的水平和解决问题的能力的形成才是研学中真正要教会他们的东西。一个“研”字，代表的是一种不懈求索的精神。在与李骅芳等同学交流的过程中，我深深地被他们对未来的长远规划震惊了。走进大学校园，与已在博仁大学就读的师姐的交流，与偶遇的国内留学生的沟通，都成了他们进行人生规划的线索。看着他们稚气未脱的笑脸，看着他们认真咨询、飞速笔录的样子，我想：这些少年，了不得。

三、研学，乐在一个“游”字

本次游学之旅，为同学们安排了丰富的泰国文化体验。浪漫旖旎的蓝岛风光，金碧辉煌的玉佛寺，人流熙攘的水上市场，肃穆庄严的寺庙遗址，到处都留下了同学们的身影，也留下了他们开心的笑声。真是学知修远，不负少年好时光。

研学旅行是推进素质教育的一项重要举措，是课堂教学的延伸扩展，又是社会实践的崭新要求。更是我校沿袭多年的一种学习形式。首先，秉承着研学旅行坚持“内容为王”，主题选择和线路安排应该与教育教学目标紧密融合的根本思想，本次研学活动立意高远，紧跟国家“一带一路”战略，紧密结合我校外经贸人才培养的方向，努力让研学旅行根植活土，有本有源。其次是全面加强学生的综合运用、动手实践、解决问题的能力，促使课本知识与实践操作融会贯通。三是始终坚持立德树人的根本任务，将研学旅行作为加强学生思想道德建设的重要载体，使研学旅行的历程成为道德实践的过程，成为文明素养展示的过程。

在蓝岛海滩

附：学生整理的日常英文用语

问候用语

(1) I'm Kathy King. 我是凯西·金。

(2) Are you Peter Smith? 你是彼得·史密斯吗？

(3) Yes, I am. / No, I'm not. 是，我是。/不，我不是。

(4) How are you? 你好吗？

(5) Fine, thanks. And you? 很好，谢谢，你呢？

(6) I'm fine, too. 我也很好。

(7) How is Amy / your wife / your husband? 爱米好吗？/你妻子好吗？/你丈夫好吗？

(8) She is very well, thank you. 她很好，谢谢。

酒店住宿常用英文

(1) I would like to have a morning Call at 8:00 in the morning. 我要早上8:00设定电话叫醒。

(2) I'd like to order room service, please. 我要食物送到房间的服务。

(3) I'd like a room of one. 我要单人房。

(4) I'd like a room for two with separate beds. 我要两张床的房间。

(5) I'd like as extra bed for room 702. 我要在 702 房多加一张床。

餐厅用餐常用英文

(1) Hi, we need a table for two, please. 你好，我们有两位。

(2) May I have a table by the window, please? 请给我们一个靠窗的桌子好吗?

(3) We prefer to sit by the window, please. 我们想坐在靠窗的位子。

(4) Can I take this seat? 我可以坐这个位子吗?

(5) This table would be great. Thank you. 这个位子很好，谢谢。

(6) May I have a menu, please? 请给我菜单。

作者简介:

盛晓梅,女,1975 年出生,青岛外事服务职业学校英语教研组教师。2018 年 12 月 2～7 日,作为带队教师参加学校组织的赴泰国博仁大学、格乐大学第二批研学团活动。

行走在英伦

青岛外事服务职业学校英语教研组　宫颖君

2008～2009 年，我在英国进行了一年的教育交流工作。因为自己的专业是英语，通过学习语言，接触文化，在踏上那片土地之前，我心中对英国已经有了一些模式化的模糊印象：文质彬彬的英国绅士、优雅的女王、欧式古老的建筑，礼貌但疏离的人际关系，东西方的文化差异……可是想象往往是片面和主观的，只有真正进入这个国家，你才会发现，只有真实的经历才会带来最真实的感受。下面我想从自己在英国生活的各个方面谈一下我的感受。

天气与衣着

英国多雨的天气经常让行人猝不及防

谈到衣着，就不能不聊聊英国的天气。英国多雨，气候比较阴冷，我记得 8 月底到达英国，就需要内配短袖，外搭开衫，感觉像是到了秋季。天冷的时候，一般的英国人都会这么穿着——短袖和外套，学校的女孩子冬天的校服也是格子裙。因为总是多雨，所以阳光灿烂温暖的日子对英国人来说显得弥足珍贵，碰到好天气，同事们休息间歇一定会到户外去走一走，老师也会把学生们带到室外，坐在绿地上，享受着阳光上课。有的时候觉得也许天气真的会影响人的性格，这样阴冷多雨的天气，也许也会部分影响英国人的性格，让他们表面看起来有点冷静、内敛；而我去艳阳高照的西班牙、意大利旅行的时候，这两国人扑面而来的热情真的是显而易见。

在英国，雨是司空见惯的。连续的倾盆大雨不常见，通常是阵雨和小雨。因为习惯了雨，英国人通常情况下是不太用雨伞的，这一点和中国人很不一样。在英国用太阳伞的情况也非常少，欧美人很喜欢感受阳光，也完全不担心晒黑，他们更希望灿烂的阳光可以让他们拥有健康的古铜色，大街上基本没人打太阳伞，打伞的大多是关注美白的亚洲游客。

当你想要和一个陌生的英国人开始谈话的时候，天气是一个很好的话题，非常适用于打破僵局，用作开场白。

饮 食

在英国，因为发达的自来水净化系统，自来水都是可以直饮的。虽然有的时候直饮水尝起来味道有一点儿怪，我记得曾经还有居民特意给电视台打电话要一究原因，但是调查结果显示水质没有问题，各项指数是达标的，所以在英国自来水可以放心饮用。欧洲人鲜有饮用热开水的，因为文化习惯的差异，他们只有在冲泡咖啡和茶的时候使用热水，平时即使在清晨，也只是喝凉牛奶、果汁、凉水。因为我们习惯喝热开水，有几次还遭遇到欧洲人惊讶的眼神及询问，当然他们只是出于好奇而感到不太理解。

至于英国的菜系风味，只能说比较朴素。在欧洲，相对于法式菜系，英国菜没有那么奢华和多样，炸鱼、薯条是被中国人熟知的烹饪菜品了。据我观察，英国人平时的蔬菜都是生食，或调制成沙拉，或者和肉食一起进烤箱烤制，至于肉类，除了烤外，还有煎、炸的方式，他们是不炒菜的。

英国的传统食物炸鱼和薯条

如果去西餐馆吃饭，价格比较昂贵，比较便宜的是中国餐馆和印度菜馆。

住房与住宿

英国的房屋多为木质结构，因此英国人在防火方面具有很好的安全意识。每件房间都有防火报警器，一旦发生火警，全员离开所在地，过程有序，训练有素。

在英国住宿，可以根据自己的预算要求有多种选择。但是如果在伦敦市中心，即使是条件很一般的双人间费用也很高昂，所以在英国旅行的学生通常去住青年旅馆，一个房间，有 4～10 个床位，使用公用洗手间或浴室。这种青旅的缺点是舒适度和私密性较差，但是优点也很突出，首先就是价格低廉，可以是一般旅馆标间的 1/3～1/2，其次青旅的服务对象通常是年轻人，所以会有公共的娱乐区域和厨房，相遇沟通的机会比较多，方便大家认识新朋友，也是很有趣的一件事。

礼貌礼仪

应该说在欧洲国家中，大家的礼貌礼仪确实是很普及，人们的综合素质也比较高。具体体现在一些小的细节：

(1)排队。这一点真的让人感觉很舒适。无论在哪里，商场试衣间、银行ATM机前、车站、洗手间等，只要在排队的地方，根本不必担心有人会插队。如果有人想要站在你的面前，他会提前向你礼貌询问是否你在排队，如果得到否定的答案，才会走到你的面前，大家自觉自律，皆大欢喜。

伦敦街头，大家自觉地排队

(2)人性化。在乘坐地铁和商场的手扶梯时，大家都会自觉靠右侧站立，给左侧留出通道，让有急事的人可以快速通过，也是利人利己的一件事。

(3)礼貌用语。在英国的时候，真的是可以感受到英国人语言的文明。礼貌用语表现在与人交往时面带笑容，主动打招呼，多使用“请”字，频繁地说“谢谢”(我曾经在一杂货店买东西，从结账、确认款项到付款再到找零钱，店员起码说了四遍“谢谢”)。道歉的用语也经常被使用到，在机场、火车站、地铁这些行色匆匆的场所，与路人不小心碰撞的概率很高，但无论是不是自己不小心的缘故，是否先撞到别人，英国人大多是立即主动先道歉的，让人觉得彬彬有礼，素质很高。还有一点，非常值得注意的是，英国的家长非常重视在孩子幼小的时候就进行教育，即使是自己的孩子再小，遇到犯错误的时候，家长也会像和大人沟通一样和孩子讲道理。

阅　读

英国人有非常好的阅读传统，走在街道上，两旁林立的店铺中，随时可以发现一家又一家的书店。网上著名购物商店亚马孙的图书销售情况也非常火爆。身处英国，你会发现周围的阅读氛围十分浓厚，人人都爱阅读，同事们有时候还会自发组织小团体，举办读书会，定期分享彼此的阅读心得。

交 通

英国的交通非常发达，远途可以乘坐飞机，包括价格低廉的飞机，还有火车和长途巴士。远途旅行的原则是越早预订票越便宜，火车和巴士购买一张往返票还比买两次单程票节省很多，如果是学生，可以去火车站凭证件办理青年卡，坐火车有更多折扣。如果是近途，伦敦市内有四通八达的地铁和公共汽车，乘坐也十分方便。

作者简介：

宫颖君，女，1980 年出生，青岛外事服务职业学校英语教研组教师。2008～2009 年，赴英国教育交流。

改变从我做起

——青岛市高中英语教师赴加拿大培训有感

青岛外事服务职业学校英语教研组　徐海娣

2009年11月，有幸参加了由青岛市和加拿大安大略省约克教育局联合举办的中学英语教师培训活动。近二十天的加拿大学习生活，除了感叹加拿大人文明程度之高以外，加拿大与多元文化相适应的高中学校学生可以自主选择发展方向的积极有效、合理完善的教育制度也给我留下了深刻印象。

在加拿大我们选择的学校是 Milliken Mills High School (Milliken Mills 高中)。Milliken Mills 高中是一个多元化的学校，学生来自不同的国家和文化背景，在学校里，你可以看到不同肤色的学生：白色、黄色、棕色、黑色，但是学生之间、师生之间相处得非常融洽。

这所学校的教育特色体现在：

(1)可供选择性教育(Alternative Education)；

(2)以社区为基础的合作性教学(Community-Based Education)；

(3)母语为非英语学生的英语教学(English as a Second Language, ESL)；

(4)特殊教育：为残疾孩子提供的教育(Special Education)。

在学校中首先了解的是学分制。加拿大的高中采取学分制，每门课一个学分，修满30分即可毕业。30分中，有16分是必修课，其中包括英文、数学、自然科学、历史、地理、体育、艺术、家政、法语、基础电脑应用等；其余的14个学分，由学生根据自己的爱好和未来的发展设想进行选课。在选修课中，有五个系列的课程，学生以一个系列为侧重点，由低向高选修上去。这样的课程设置，使学生从九到十年级(14～15岁)起就开始考虑自己未来的发展方向，开始侧重选修与这一方向有关的课程，并根据自己的兴趣在这一领域里进行一些深入的研究。在加拿大，每年11月学校会抽出一天时间安排高一学生去父母工作的地方观摩实习一天。同时八年级学生(相当于初三学生)会来到自己感兴趣的高中参观，了解学校和自己将要学习的课程，为他们进入高中学习做好铺垫。我们在 Milliken Mills 高中参观的过程中正好有机会观摩这一天的活动。例如，在一节数学课上，老师以初三学生学过的周长和面积为主题为前来参观的同学们设计了两项任务，一个比较简单直观，而另一个则需要更多计算和动手思考能力。这样做的目的是让学生明确进入高中后将要选择的课程。因为在加拿大的高中，学生可以选择比较简单的实用性课程，这样的学生在高中毕业后进入学院或直接工作。而选择较难的学术性课程的学生一般在高中毕业后要进入大学学习。所以，加拿大的高中毕业生尽管在数理化方面不如中国学生学得深，但在某一领域的知识和参与能力却非常强。这种课程设置的另外一个优点是，使加拿大的高中毕业生适应社会的多种需求，一部分学生进入大学，将来可能成为政治家、科学家、工程师、工商管理人员、医生、律师、教师等，而那些不能进入大学甚至不想上大学的学生也能通过自己的努力，凭借自己的一技之长在社会上自立。加拿大上大学也没有类似中国的“高考”，而是以高中最后一年6门课的平均分去申请。但如果一个学生历年来经常参加学校和社区的活动，或做志愿者，或有一些工作经验，即使平均分低一些，大学也愿意优先录取这样的学生，因为加拿大的大学也不愿意培养那些只会读书，高分低能的“书虫”。这里的人们认为，人的能力可以从各个方面表现出来，而只会读书的人并不一定能够适应社会。

另外值得一提的还有他们的考试制度。加拿大高中的期末考试并不可怕，因为期末考试仅占总成绩的25%，其余的75%由平时的每一次作业、每一个小测验、每一项 Project 和 Presentation 以及课堂上的参与意识、出勤等因素综合组成。总之，一门课要想得到好成绩，就要付出持之以恒的努力，就要积极地参与。所以老师对学生的过程性评价是非常重要的。Milliken Mills 高中老师们对学生非常精确详细的评价标准让我们印象极为深刻。例如我们所观摩的其中一节课是关于了解人类学、心理学、社会学的课程，老师给了学生一个主题——媒体是如何扩大或消除种族歧视，学生可以通过制作课件、简报、海报等形式去完成。老师在布置任务之前就给每位学生一份详细的评价标准，这样可以使学生明确学习目标，同时也使得老师在评分过程中能做到公平、公正、透明。这种评分标准是同一集备组的老师共同制定的。比起中国的一考定终生，这种评价学生的制度要更加合理有效。在我们国家也有所谓的过程性评价，但往往流于形式。例如在职业学校，虽然规

参与学校教师的集课，讨论教学中遇到的问题

定专业课有40%，文化课有20%的过程实践分。但在具体操作过程中由于没有统一的评分标准，没有详细的评分依据，最后往往是老师凭着对学生的大体印象给学生打出一个分数，使过程性评价失去了其原有的意义。如果能像Milliken Mills高中老师们那样，对自己布置的每项任务都有精确详细的评价标准的话，我们的过程性评价会更加科学、有效。学生们也会更加重视日常的学习，久而久之而形成一种良性的循环，也有助于对学生的管理。

在Milliken Mills高中，我们深入学习的是ESL课程。母语为非英语的学生会得到ESL部门的支持，新来的学生首先要通过教育局接待中心的评估，然后ESL部门的老师会根据评估等级安排课程。ESL有五种级别，分别适用于不同级别的学生。对于英语初学者，ESL教师会安排他们特别的课程。

约克郡的教育局局长和课程导师共同颁发培训合格证书

这种细致入微的分层制度使我联想到了现在我们国家所提倡的分层次教育。虽然分层次教育已经在我们国家实行了一段时间，但最后往往无疾而终。分班后，可以用“两极分化”这个词语来形容，A班安安静静，B班闹闹哄哄。同一个教师，在A班上课得心应手、挥洒自如，到了B班却疲于奔命、不知所措。归根到底，还是在分层的时候，过于粗略。分层次教学是让每个学生都得到最优发展的一种行之有效的方法，要使分层次教学达到预期的效果，就必须准确划分学生的认知层次。分层次教学的基本理论是因材施教，要真正做到因材施教，就必须对“材”有清楚准确的认识和把握。这种把握是多层次全方位的，因而也是复杂而困难的，它包括学生的认知心理、知识结构、生理因素、环境氛围等诸多方面，其中最重要的是要准确把握学生的认知结构。正是由于这是一种复杂的过程，才使得准确把握施教对象的认知结构层次显得如此的重要。只有清楚准确地把握了学生的认知层次，教师的施教过程才能有的放矢，才不至于做无用功，学生的学习才不会出现“吃不饱”和“吃不了”的现象。由此看来，准确把握学生认知结构层次是施行分层次教学的前提和基础。我们在对学生分层的时候，应该借鉴加拿大的ESL部门的做法，在试题的选用上多下功夫，同时结合对学生的面试，只有这样，才能对学生准确定位，使老师教起来更加有的放矢，达到最佳的教学效果。

总之，通过 20 多天的观摩学习，无论从教育理念还是具体的教学方法上，我们的收获是很多的。由于国情不同，我们不可能完全复制加拿大在教育方面的所有的做法。例如，我们高中的班级人数不可能像加拿大那样只有 20～30 名学生(时代在变化，时隔几年，现在我们学校已经部分实现小班化了)，有些课堂活动不一定适合我们国家这种大班制，但最重要的是教育理念的改变，以及对工作认真负责的态度。在我们今后的教学中，最重要的是从自己做起，并带动组里的其他老师，一点一滴地将好的做法融入我们的教育教学中，真正做到不虚此行。

作者简介：

徐海娣，女，1975 年出生，青岛外事服务职业学校英语教研组教师。2009 年 11 月，参加由青岛市教育局与加拿大约克教育局联合举办的中学英语教师第一期研修班。

奇异绿洲新西兰

青岛外事服务职业学校英语教研组　栾成梅

青岛外事服务职业学校赴新西兰
维特利亚理工大学考察团

非常荣幸有机会到新西兰的维特利亚理工大学进行考察，有机会踏上奇异绿洲——新西兰。

2017年7月，我们一行6人从广州白云机场转机，经过十几个小时的空中旅行，从炎热的夏天进入了依然色彩斑斓的冬天。新西兰地处南半球，与国内的季节正好相反。冬季平均气温15～22度，气候宜人，风光绚丽，碧蓝的湖水，青青的牧场，踩一地金黄色的胡杨叶子，如同进入了童话般的世界。

奇异的绿洲

新西兰元因为钱币上一面有只奇异鸟而常被称为"奇异"，新西兰的"奇异果"更是闻名于全世界。有"白云之乡"美誉的新西兰属于大洋洲，它和澳大利亚的关系也是十分密切。

新西兰以"绿色"著称，四季温差不大，绿植随处可见，生长十分茂盛。由于时间紧张，行程的安排中没有去新西兰的首都惠灵顿，只是去了奥克兰——新西兰唯一一座真正意义上的大城市。这座"帆船之都"屡屡获得"世界十大城市"的称号，靠的就是它奇异的、拥有的世界化的生活方式和创造出的令人惊喜的娱乐消遣方式。奥克兰中心地带位于海边，夹在两座港口之间，秀丽的风景让人忍不住驻足观赏。奥克兰把喧嚣的现代城市生活同风光秀丽的户外运动场轻松而又紧密地连在一起，城中无数绿化极佳的公园，巧妙地掩盖了火山地貌，整座城市简直就是一片"绿洲"。新西兰的建筑如油画中的别墅，灰色或者褐色的屋顶，白色或乳白色的外墙，洁净的玻璃窗，绿草茵茵的花园，低矮的木栅栏……真是转眼即美景！

初访奥克兰，居然没有一丝陌生感，仿佛依然走在青岛的中山路，高低起伏的道路，绵长的海岸线，真是像极了青岛。目前，在新西兰的中国移民有12万之多，接近其总人口的3%。走在大街上，中国餐馆、文印店等招牌上的中国字很容易跳入我们的眼帘，不禁感慨于我们祖国的强大。

缓慢的节奏，悠闲的生活

听当地人说，新西兰老龄化比较严重，年轻人大多去了澳大利亚发展，走在街头，少有步履匆匆，多的是从容与恬淡。傍晚6点钟，在诸多繁华的大城市夜生活才刚刚开始，而在这里，繁华街头两边的商铺却早早打烊，热闹的场景瞬间安静下来。

奥克兰在“2015年世界最佳居住城市”的评选中荣居第三名，同时它也被称为“千帆之都”。惬意、闲适等词汇统统可以用来形容这座城市。

人与自然的和谐

作为南太平洋中的一个岛国，蓝天、白云、湖泊……绝佳的生态环境，人与鸟兽和谐相处。新西兰人注重自然和谐，街道、公园、房前屋后的落叶就这么自然地堆积在地上，初冬的阳光斜斜地透过枝丫映照着，踩在上面沙沙作响，别有一番情调。不知名的鸟儿或落足于马路中间，或在池边散步，没有丁点惊恐之相，它们一定对这片土地上的人们充满了无限的信任！

新西兰的景色美丽多变，其文化和人们的生活方式也比较多元化，在一个相对很小的国土内却有着每一种可能的景观。长达1.5万千米的海岸线，整个国家仿佛一个超大号的海滩。大口地呼吸着清新的空气，走在幽静的街道，偶然看见一户人家小院里的树屋，这神奇的树屋，想必也藏着孩子们无限的遐想、欢声和笑语，或许能够吸引着孩子们打开房门开启一场奇妙之旅吧！

人与文化的交融

在进入维特利亚理工大学之前，脑海里想象了无数种校门口的样子。虽然知道离我们所住的酒店很近，出乎意料的，刚走出来拐个弯，马路边上就是了，与其他门店融在一起，简直很难一眼辨出。图书馆，自习室，手工坊……一切都是那么的和谐！奥克兰真的不大，从维特利亚理工大学出来，一路走去了奥克兰大学，没有印象中的院墙和校门，感觉学校很大，每一个学院都是不同的建筑风格，在一份静谧中，就这么自然地与社区住宅交汇在一起，分不出彼此。大学的课堂也如同这校园一样没有围墙，向每一个渴求知识的人敞开，任凭你去感受学术的氛围、知识的力量。

天空塔坐落在奥克兰市中心，是奥克兰标志性的建筑，也是南半球的最高建筑，它与其他建筑连成一体，组成巨大的天空城，一点也不觉得突兀。据说在塔上可以一览整座城市的全貌，怀揣着对这个国度的好奇，若有机会登顶，定会很美妙吧？

位于奥克兰市中心的天空塔

对这片土地爱得深沉

以独特方式欢迎夺冠英雄的孩子们

奥克兰的人民无疑是深爱着这片土地的。恰逢新西兰帆船队伍在美洲杯帆船赛中夺冠凯旋，城市的这条主干路封锁，道路两侧挤满了前来欢迎英雄归来的人们，载歌载舞的，手持国旗的，一对父子给我留下了深刻的印象，他们很友好地摆出 pose 让我拍照，还有一群可爱的孩子，身体上写着的，眼神里流露着，血液里流淌着，从异国他乡而来的我们都能深深感受到——他们对这片国土深沉的爱！

作者简介：

栾成梅，女，1979 年出生，青岛外事服务职业学校英语教研组教师。2017 年 7 月 3～7 日，参加学校组织的赴新西兰维特利亚理工大学考察活动。

澳大利亚自由行：墨尔本初印象

青岛外事服务职业学校教务处　边　力

本日行程：

新加坡—墨尔本，唐人街—市政厅—圣保罗教堂—弗林德斯街火车站—联邦广场—亚拉河夜景

2017 年 2 月 2 日 00:40～11:15，从一个“花园城市”新加坡至另一个“花园城市”墨尔本的第二段航程，因有 3 小时时差，感觉一觉醒来就到了，心理时间仍是 8:15。在飞机上，澳大利亚就给我留下完美的第一印象：这里的天蓝得深邃纯净，这里的云奇幻美丽，广袤的草原与树木绿得发亮。

持有中国护照入境澳大利亚时，无须排队，可以快速自助通关。机场处处有中文标识，还有大幅旅游、购物广告，可见中国游客众多，已成为澳洲经济新的增长点。

一落地就看见熟悉的方块字，格外亲切

出租车开往科林斯街酒店的路上，东方面孔和中文招牌并不少见，还有笔画复杂的 Biángbiáng 面。在出租车上，我隔着车窗玻璃拍了几张蓝天白云棕榈树，纯净，明亮，鲜艳，色彩饱和度极高，绝对是小时候见惯不怪现在却大惊小怪的天然美景。

酒店所在的科林斯街有墨尔本“金融街”之称，被誉为“澳大利亚第一街”，是银行、保险公司和 Armani、Chanel、Gucci、LV、Prada 等奢侈品牌店的集中地，有保存完好的维多利亚时期建筑，也有时尚现代的高楼大厦，距离各景点也都不远。入住后略做休整，出门吃饭，然后随意走走。

墨尔本有发达的公交系统，五彩缤纷、体量庞大的电车停靠在站台时，细心

的老妈注意到，车门打开，车厢地面与路面齐平，最大限度地保障乘客安全，残疾人出行零障碍。街头艺人、街头涂鸦随处可见，艺术气息浓厚。

正值春节期间，中国红，生肖鸡，各种中国元素让人不禁恍惚身在何处。唐人街更是大红灯笼高高挂，欧洲风格的建筑和中国范儿的牌楼，和谐地混搭在澳洲土地上。

墨尔本是一个可以逛街的城市，这里的每一条街都有自己的个性，甚至还隐藏着更华丽的皇家拱廊、布洛克拱廊，精彩得超乎想象。商业街多设计为骑楼形式，防雨防晒，自带凉爽属性，虽然夏日炎炎，喜欢逛街的人也不减兴致。

墨尔本的街头艺人

墨尔本的骑楼，自带凉爽属性

路过市政厅，进去看看。市政府办公地点对公众开放，绝对的新鲜体验，青岛市政府大楼我从未进去过。墨尔本连续多年当选“世界最宜居城市”第一名，CBD 内除了免费电车可以乘坐外，还有免费 WIFI 可以连，市民福利不要太好哦。这才是国际化大都市，对市民大方，对游客友好。

圣保罗教堂外面的草坪上，维多利亚艺术中心旁边的联邦广场上，到处是晒太阳的人，海鸥和鸽子在人群中盘旋、起落、啄食，与人很亲近。这幅尽情享受悠闲自在生活、人与自然和谐友好的画面在以后的十几天里反复看到，澳大利亚人的家庭观念很强，只要一放假，就会与家人一起享受阳光、海滩、冲浪、骑行的乐趣。

联邦广场，海鸥、鸽子与人嬉戏

住在市中心好处多多，玩一会

儿回去歇歇，再出来吃晚饭看夜景，去看灯火辉煌的弗林德斯街火车站，在亚拉河畔领略墨尔本的美妙和静谧。

经验之谈：

澳大利亚的住宿比较贵，尤其是我想住的市中心。某天发现 Booking 软件有特惠活动，墨尔本市中心科林斯街的布雷克福瑞公寓酒店可以半价拿下，当机立断订好房间，带阳台的两卧室公寓四晚 756 澳元，这也是此行条件最好的住宿了。

小贴士：

(1)新加坡在东七区，时间采用东八区北京时间；墨尔本在东十区，和北京时间有两小时时差，再加夏令时一小时，实际时差为三小时。因此新加坡至墨尔本段飞行时间不足八小时。

(2)建议提前下好谷歌地图，一落地即可使用。

(3)网上可预订接机与送机服务，司机会提前短信联系。

(4)建议到达墨尔本的第一天，先乘坐 35 路免费电车环城一周，有整体印象之后再分景点参观游览。

(5)记得携带插头转换器、洗漱用品和拖鞋。澳洲插座是三孔扁头的，两孔插头需插头转换器。出于环保，澳洲酒店一般不提供洗漱用品和拖鞋。

作者简介：

边力，女，1970 年出生，青岛外事服务职业学校教务处教师。2017 年 2 月，与家人赴澳大利亚旅游。

韩国自由行：左手繁华右手自然

青岛外事服务职业学校第二外语教研组　王　倩

本日行程：

明洞—广藏市场—清溪川广场

明　洞

左手牵右手，时尚慢动作。说起青春时尚，怎能少了明洞。今天我们搭乘地铁，直奔明洞商圈而去。出了地铁之后往人多的地方走，很容易就找到了明洞商业区。入口处“明洞欢迎您”几个中文字突兀地出现在我们眼前，看来这里正如传言，早已沦陷在中国游客的铁蹄之下……

只见街道两边有各种各样的贩卖商品的小摊及品牌专卖店，到处是引导潮流的各种服装、鞋帽、饰物及化妆品等。店里的商品都有中文标签，售货员很多都是中国人，沟通基本无障碍。来这里的游客几乎都是为了购物而来。这里是化妆品和免税店的最大集中地，是爱美女孩的天堂。国内卖几十元的面膜在这里竟然折合人民币 2 元多，而且送小样的力度很疯狂，像乐天新罗这些免税店，如果有金卡又配合上店内活动的话，上到奢侈品下到所有能想到的运动品牌价格也基本都能到国内的七折，所以喜欢购物的可以考虑住在明洞附近的天空花园系列酒店。

繁华热闹的明洞是游客购物的天堂

到处都是熟悉亲切的中文对话，到处都是购物的中国游客。一个国家在经济增速快于世界平均水平时就会发生这类现象，说明我们的消费能力增强了，出来游玩放松见世面无可厚非，但是也要理性消费。

除了购物外，还能看到许多好吃的，不管是正式的餐馆还是路边摊，都是顾客盈门。我们边逛边吃，直接把午餐都省掉了。

广藏市场

经营摊位的都是韩国大婶，厨艺精湛而且热情健谈

因为没吃正餐，下午有点饿，于是就来到了广藏市场，那里有韩国最地道的小吃。

终于到了这个因韩国综艺节目“Running Man”火爆的美食市场。在这里韩国小吃都是现场制作，你能看到韩国阿姨做饭的全过程。市场里饮食类分了几大区域，煎饼区、海鲜刺身区、鱼糕年糕区等等。我们随便找了一家小摊坐下来，选了紫菜包饭、辣炒年糕、鱼饼串、米肠、猪蹄等小吃，便坐在长椅上享受美食了。辣炒年糕，年糕软糯细滑，辣酱的味道非常重，一口吃下去，嘴里全是辣味，配上年糕，倒是挺好吃的。鱼饼串，吃起来像豆腐串，但是有鱼的鲜香，口感滑溜，汤也是清淡鲜香的。韩剧中经常出现的炸酱面，感觉味道一般，面条软软的，酱汁挺浓郁。目光所及都是市井生活的场景，充满烟火气息，让人感受到平凡生活的温暖，这就是广藏市场受欢迎的原因吧。

稍做休息以后，夜幕降临，正适合去号称“首尔晚上最适合散步的地方”的清溪川广场。

清溪川广场

完全亲水的河岸设计让人们尽情地享受大自然的清凉

清溪川是一条贯穿首尔南北的清澈小河，由于位于市中心，无论是外地的游客，还是首尔下了班的人们，都喜欢聚集在这里散步。半空中漂浮着五颜六色的灯笼，水中是各种造型的灯饰，清澈的溪水流过市中心奔向汉江。溪水边有甜蜜的青年情侣，有带着啤酒炸鸡的闺蜜、兄弟，有牵手散步的老头老伴，在市中心难得有这样让人远离繁忙的工

作而放松清闲下来的地方。

据说在 20 世纪五六十年代的经济大发展时期，这里被严重污染，变成了牺牲环境发展经济和现代化的典型案例。后来政府开展修复工程，拆除覆盖河面的高架桥，重挖河道，重新塑造了这个人与自然和谐的城市河岸文化空间。在清溪川接近末段的地方，我看到了高架桥底座，那应该是故意保留在那里来警示后人的吧。

小贴士

(1)明洞的商店大多可以刷银联卡，大多数商家会有 9 折优惠。购买 3 万韩元以上的商品就可以申请退税。

(2)商家大多雇佣会中文的服务生，明洞街头也有中文志愿者，以方便中国游客询问。

(3)明洞有多家货币兑换店，汇率比国内及仁川机场便宜。

(4)明洞春秋两季各要举行一次明洞节，举行明洞小姐选拔赛、民俗游戏、传统婚礼仪式、时装模特、化装表演等节目，如果是这个时间来游玩的一定不要错过。

(5)广藏市场内美食区域无法刷卡，请提前准备好足够现金。

(6)夜晚的清溪川广场水光十色，绚丽多彩。建议夜游清溪川。

(7)游览清溪川建议线路：清溪广场—八道石—广通桥(复原旧桥)—长通桥(正祖班次图)—临时步行桥(水标桥旧址)—晨桥(玉流川)—五间水桥(时装广场、文化墙、浚川歌、色童墙)。

交通信息

(1)到达明洞：地铁 4 号线，明洞站 5、6、7、8 号出口，步行 5 分钟；地铁 2 号线，乙支路入口站 5 号出口，步行 10 分钟。

(2)到达广藏市场：地铁 2 号、5 号线，乙支路 4 街站 4 号出口，步行 100 米。

(3)到达清溪川广场：地铁 2 号线，市厅(City Hall)站 5 号出口，反方向前行约 350 米。

作者简介：

王倩，女，1985 年出生，青岛外事服务职业学校第二外语教研组教师。2015 年 6 月，与朋友赴韩国旅游。

一个人的釜山行

青岛外事服务职业学校团委　张海燕

只有一个人在旅行时，才听得到自己的声音。它会告诉你，这世界比想象中更宽阔。

世界是一本书，不旅行的人只看到其中的一页。

我们常常看到的风景是：一个人总是仰望和羡慕着别人的幸福，一回头，却发现自己正被仰望和羡慕着。其实，每个人都是幸福的。只是，你的幸福，常常在别人眼里。

C'est La Vie（这就是生活）。

——题记

2017年春节过后，我踏上了一列开往南方的列车，百无聊赖，打开了一部韩国电影《釜山行》，这是发生在火车上惊悚却令人难忘的故事，韩国釜山籍男演员孔侑在影片中生动诠释了父爱和人性的伟大，也让我顿时萌生了一个念头：一个人，一个行李箱，一部相机，重走釜山。

韩国釜山南部海域天然氧吧太宗台景区

"生活不止眼前的苟且，还有诗和远方的田野。"而立之年，一场说走就走的旅行谈何容易。紧张压抑的职场、鸡飞狗跳的养娃生活让你不得喘息。2017年6月10日，我第二次坐上了前往釜山的飞机，距离上次出行整整三年时间。临行前，一岁半的儿子也来机场送我。心情五味杂陈，但我知道一定要走出去，作为一名韩国语专业老师，国际文化理解探研是一个重要、持续性的课题。

住宿篇

五天四夜，我在网上选择了两家位居市区繁华区域的GUEST HOUSE。一家位于釜山东部繁华地带的釜山大学周围，另一家位于釜山西南部的南浦洞附近。交通便利、地铁直达，网站上清晰地标注出了从机场到GUEST HOUSE的路线图，是我选择这两家旅舍的重要原因。

虽然我是名副其实的路痴，但凭借会韩语这点小本领，很快便从机场下飞机后直奔轻轨，中转地铁后到达第一家旅舍。此刻，我高中同学和妻子已经在NC百货店咖啡厅等我。他乡遇故知，可谓三生有幸。

然而，第二家旅舍找起来有些费劲。坐地铁到了南浦洞后，鳞次栉比的高楼大厦、灯红酒绿的街头巷尾让我有点眩晕，一个人拖着行李箱走过一个个九宫格般的街头，Lost in Busan！然而五湖四海皆兄弟，天下还是好心人多！一位韩国大叔用自己的手机给旅舍打了电话，询问了具体位置，并耐心告诉我方位。看我仍然一脸迷茫的样子，大叔说要亲自带我过去。于是感人的一幕上演了，一位韩国大叔骑着摩托车，驮着一位中国女士重重的行李箱，而紧随其后大步流星的中国女士就是我。异国他乡，陌生人的帮助让人无比感动。友善、真诚、信任，这是人类共同的美好品质。

交通篇

釜山是韩国第二大城市，交通四方八达，地铁乘坐方便、经济实惠，即使不会韩语的外国人也能轻松搭乘，可以说是釜山最受欢迎的交通工具。在金海机场下了飞机后，我直奔便利店买了一张全国通用的地铁公交乘车卡，这五天里出行全靠它啦！当然，便利店小哥浓浓的釜山方言也给我留下了很深的印象。

另外手机还下载了的Daum地图和naver地图，操作非常方便，前提是会韩文输入和看得懂站名。两个地图各有优势，都能离线定位，釜山山路较多，地铁站口也多，使用地图少走很多冤枉路。

值得一提的是，釜山市民很友好，在地铁站里会有人主动给你指路。釜山地铁最初于1985年建成1号线(老圃—凡内谷)并投入使用。目前，釜山市内地铁1～4号线、釜山—东海线加上釜山—金海轻轨总共有6条地铁线。釜山地铁给我留下了几点深刻印象：一是这是一个步入老龄化的城市，地铁里老年人专席几乎没有年轻人就座，一个个闭目养神的老人恣情享受着生活的慢节奏。二是地铁有专门女士上车、就座的车厢，提醒社会对女性的尊重和关爱。三是地铁里会有提示音，告诫乘客不能大声喧哗，降低分贝，以免影响他人。四是充分体现出对残疾障碍人士的尊重，每个地铁站都有直梯，方便老年人和残疾人上下，每个车厢都有一个宽敞的不安置座椅的角落，方便乘坐轮椅车的人士使用，而市民们也会主动避让。

美食篇

他乡遇故知，在美食中诉说人生故事

自由行的好处就是可以充分满足自己的喜好，尤其是饮食方面。五天时间，我品尝了炖鸡、炒鱿鱼、海鲜汤，南浦洞步行街上吃到了美味的炒年糕、鱼饼、南瓜糖饼、韩式饺子等风味小吃。韩国饮食少油、辛辣，对于无肉不欢的我来说第二天就感到不适应，兴冲冲走进一家烤肉店，然而却被老板拒之门外，理由竟然是一个人不能吃烤肉！韩国烤肉店有种不成文的规矩是两人以上才能开席。我被韩国商人这种严谨的精神折服了，或许他没想到一个饥肠辘辘三天未开荤的中国女汉子会吃到两人份甚至三人份的饭量。

当然，这次旅程也让我吃到了迄今为止最不喜欢的韩国食物。去之前听说“来到海云台就一定要吃猪肉汤饭！”这是海云台汤饭一条街中有名的猪肉汤饭店的招牌语。可是吃过后感觉味道很奇怪，清水煮肉片中夹杂着一丝腥味，或许不是最地道的吧。

行程篇

去之前详细列了一个行程计划，走到一个地方提前查好交通和攻略。五天四夜的行程是这样安排的：

	时间	地点	交通方式	推荐原因
第一天	12:25～15:25	青岛—釜山	飞机	直达、经济
	17:00	釜山大学附近旅舍	轻电轨—沙山二号线—西面一号线—釜山大学	吃喝玩乐应有尽有，年轻时尚聚集地
	晚上	见朋友，逛 NC 百货	步行	十分推荐这里，美食购物天堂！我还顺便做了个美美的发型

（续表）

	时间	地点	交通方式	推荐原因
第二天	上午	梵鱼寺	一号线梵鱼寺站	本人是无神论者，但韩国最近很流行 temple stay，静听禅音，洗涤心灵，山水景色秀丽（个人认为秋天最美）
	下午	虚心厅温泉场（晚上去附近的 Home plus 大型超市准备买点东西，周日是超市的休息日，关门）	一号线温泉场站	超大天然温泉，豪华舒适，分室内室外，很多本地人都喜欢来这里。泡完温泉可以来一楼面包店吃点面包
第三天	上午	南浦洞附近旅舍	一号线南浦站	吃喝玩乐应有尽有，购物天堂
	下午	南浦洞步行街、釜山国际电影节举办地、札嘎其海鲜市场	步行	购物，可以在海鲜市场吃生鱼片、海鲜料理
	晚上	广安里大桥看夜景	一号线西面—二号线广安	一定要晚上来看，因为有灯光秀！美不胜收，流连忘返
第四天	上午	太宗台	南浦洞乐天百货对面公交车	无敌海景，岩石峭壁，自然人文观光。建议乘坐小火车
	下午	乐天百货、甘川文化村	回程公交、去甘川文化村因地势原因建议打车	色彩鲜艳的壁画是村中特色，文艺咖拍照必去
	晚上	龙头山公园登釜山塔眺望整个城市	步行	李舜臣将军像、釜山塔、釜山夜景
第五天	10:35～11:35	釜山—青岛	飞机	直达、经济

其实，这次短途旅程印象最深刻的是在公共场所随处可见的釜山市民精神文化宣传语，体现了釜山市民向上向善、追求天地人和谐相处的勤勉生活姿态。谨以此结束此文，愿你我共勉之：

釜山市民宪章

1. 我们打造尊重人权、保障福祉的平安社会。
2. 我们打造遵守法律、维护秩序的正义社会。
3. 我们打造尊重生命、热爱自然的生态社会。
4. 我们打造重视创新、传承历史的文化社会。
5. 我们打造与邻居和睦相处、热衷志愿服务的共同体。

作者简介：

张海燕，女，1986 年出生，青岛外事服务职业学校团委书记、韩语教师。2017 年 6 月，独自赴韩国釜山旅游。

我眼中的西洋景

青岛外事服务职业学校政治教研组退休教师　姜翠文

那还是在 2015 年，我和先生去加拿大探亲。居住地在温哥华近郊一座临海的卫星小城，说是“城”，实际上是绿树蔽天、绿茵铺地的一些疏疏落落居民小区的“村落”组合。环境适人，生活恬静。走马观花拾得一些“西洋景”，也有启迪和感悟。

Garage Sale—车库商店

——西洋景之一

(一)

最有兴趣的是在国内没有见过的“格拉赛奥”。

所谓“格拉赛奥”是英文 Garage Sale 的译音，意译为“车库售卖”。它并非真正的商店，而是把自家用不着的东西，周末时摆放在车库或自家庭院进行售卖。有锄镰锨镢，有钳子、钻子、锯子、锤子，有锅碗瓢盆、桌椅板凳等家具用品，还有小孩玩具和半新不旧的鞋帽衣物……真是应有尽有，样样俱全。这些“处理品”价格都很便宜，因而易于招徕顾客。

车库商事的典型特征是临时性业余活动；没有“常设机构”或“老字号”。“消费者”也是随机而遇。

夏天是“格拉赛奥”的旺季。每到周末，街头巷口会经常看到“格拉赛奥”的告示牌，引导路人前去光顾。当地报纸，也辟有专栏，专门刊登“格拉赛奥”的消息，包括售卖的主要东西、时间和地址。有兴趣的人，可以按图索骥前去拜访。如果不嫌弃二手货，总能淘到廉价适用的物品，有时还可能“捡洋落”捞到一些免费赠品。

这个“西洋景”，在国内从未见过，所以觉得特有看点。

(二)

在加拿大，我到过好几个城市。经营“格拉赛奥”的情景，大体相同。国有国情，民有民俗。加拿大人，开店的不差钱，无须出卖家当；选购的也不是买不起一手货。人家珍惜财富，通过车库售卖这种简便的方式启动物资交流，互通有无，增值社会资源的效用。

物品丰富，景象繁荣

我国人民正在走向富裕，物质财富的积累已成沉重负担，真需要有个适合自己国情民俗的方式予以交流。利国利民，何乐不为！

（三）

有一次同儿子一起逛“格拉赛奥”。儿子选定了一件物品，打开钱包取钱。卖主看到人民币，很感兴趣问头像是谁。当告诉他是毛主席时，他立马举起手来打了个敬礼，并说：“我知道，他很伟大！”

儿子很感动，将一张印有毛主席画像、面值10元的人民币赠给他。他双手接住对着太阳照了照，表示会好好珍藏。

直观此景，令我几乎泪下。

看到外国人对毛主席的崇敬，我心中热流奔涌，格外激动，自豪感油然而生，深切体会到红太阳照耀世界人心！

开放的校园

——西洋景之二

加拿大的学校都是开放式的。学校没有院墙，也就不设校门，没有保安。

小学教室外面的校院便是操场，有各种锻炼设施。课间，学生可以在此玩耍，尽情嬉戏打闹，你追我赶，撒欢踢脚……上课铃一响，学生一窝蜂似地跑回教室，立刻不见了踪影。

家长若有急事要找孩子，怎么办？可给老师打电话。有助理老师陪学生一起出来，确保学生安全。

人与动物和谐共处

——西洋景之三

每到周末，孩子就带我们去湖边、公园等处游玩。那里空气新鲜、环境优美。每到一处，都感到神清气爽、精神愉悦。这不仅是人类的宜居之地，连小动物也安享与人共处的和谐。

加拿大的野生小动物如同公众宠物，自由自在。

家居后院的不速之客：松鼠“帅哥”独享玉兰花美餐

(1)野兔在人前“跳广场舞”，像是知道没人会伤害它。有时它竟穿墙入院子里偷食住家户的草坪和花卉，华人的小菜园最常受到光顾。

(2)小松鼠更不把自己当外人，不光品尝院里的瓜果蔬菜，拿手好戏是攀高上树“玩杂技”。它把人类看成好朋友。

(3)大雁也是如此。清澈的小湖及湖边是大雁的领地。大雁妈妈像京剧舞台上的老太太，迈着方步左摇右晃教自己的雁宝宝。孩子们在阳光底下随意玩耍，觅食嫩芽草籽。当有人上前拍照时，雁妈妈并不惊慌，而是高高伸直脖子摆好姿势，让你过瘾地拍；其实也是在警示，你不要靠得太近。

一旦有人走近警戒线，雁妈妈就带上宝宝连飞带跑冲进湖中。

观三文鱼洄游

——西洋景之四

2018 年的一个秋日，天朗气清，惠风和畅，由儿子开车、儿媳及小孙女陪同，我们到 100 多千米外的威化溪产卵水道观看三文鱼洄游。

三文鱼是英语 Salmon 的音译，又称作鲑鱼。在加拿大卑诗省威化溪水道繁育的主要是红鲑鱼，还有少量的大马哈鲑和细鳞鲑。因品种不同，三文鱼的成长年限各异；有的两年、有的三到四年。长成后从海洋洄游到原生地产卵。

说起三文鱼，我不禁回想起三年前到另一处孵化场放流鱼苗的情景。

(一)

育苗场位于原始森林的外沿，一道小溪从森林流出，鱼苗顺游而下进入海洋。

前来放送鱼苗的，人来人往，络绎不绝。男男女女老老少少，人人提着盛有鱼苗的小水桶，走过一座小桥来到小溪边。小桶倾斜，两厘米长的鱼苗顺势下到溪水里，欢快地顺流下游。经过艰险路程和漫长的时日，细小的鱼苗进入大洋大海。在那里生活成长到壮年的三文鱼，再洄游到故乡生儿育女繁衍后代……

三年前放流鱼苗，右为我家孙女

不知今天看到洄游的三文鱼中，有没有我当年亲手放流的鱼苗长成的“壮哥靓妹”？如果能认出来，该多好啊！

（二）

观赏三文鱼洄游同放流三文鱼苗，对我们来说都是第一次的新鲜体验。相比较而言，洄游更为壮观，多一些看点。

洄游水道是修建在较平坦地段的人工浅溪，长近 3 千米，呈“S”形多曲回转。浅浅的水流清澈剔透，水底铺有多彩碎石。水道自上而下分段设置 1 米多高的鱼梯（台阶），坡度 60～70 度。鱼群从下游逆水而上，欢跳蹦跃，激起很高的水花；游至台阶处纵身而起跃到上层，继续上行。

产卵水道洄游的三文鱼

逆流而上、奋力跳跃的三文鱼

三四年的大海大洋生活，使三文鱼长得膘肥体胖。大多在半尺以上，有的长达两尺；有红的，有黑的，还有灰色的。绚丽多彩，漂亮极了。

观赏此景，让人神清气爽，感慨万端。

（三）

据说这种鱼类，经历了千难万险，九死一生，付出了难以承受的代价，才回到这里。一路长途逆水艰难前行，疲惫不堪地蹿上陡崖的时候，常落入天敌——狗熊口中。

大多数三文鱼胜利到达人工水道，但在蹿越石阶时也有跌入无水区的危险。目睹一条大鱼跳出水界拼力挣扎，让人大为叹惜，爱莫能助；另一条则好运得多，跳离了水面又蹦回去捡了一条性命。

观看这些“海归”种群，让人浮想联翩。三文鱼，不恋大海之广阔，不恋大洋之深邃，历经千辛万苦，突破艰难险阻，甘冒生命危险，奔回故里。爱乡之情，让人感动。

回归的三文鱼，在完成产卵传宗的使命以后，也就落叶归根，终结了自己的一生。

三文鱼就这样，一代接续一代传递着昌盛不衰的物种。

我们为洄游的三文鱼，热情点赞——

鱼中豪杰，鱼中英雄！

作者简介：

姜翠文，女，1934 年出生，青岛外事服务职业学校政治教研组退休教师。2015 年和 2018 年，与其先生两度赴加拿大温哥华探亲。

走进京都，探寻旅行的意义

青岛外事服务职业学校第二外语组　宋　薇

我看过许多美景，也踏过下雪的北京，只有京都，对我而言不只是风景，而是一种情怀。因着一本书，念上一座城。川端康成先生的《古都》，记载了千重子和苗子姐妹在这座城市的悲欢离合，悲伤的结局曾让我很久都无法释怀。我想，或许只有走进京都，才能为这种感情寻一个归处。2015年的冬天，怀揣着这本《古都》，我踏上了去往京都的旅途。

京都，是一个适合慢游的城市，是褪去喧嚣嘈杂，回归质朴宁静的不二去处。古老的街道，庄严的神社，黑白的建筑，一切都是最静谧的样子。

伏见稻荷神社

伏见稻荷被日本人尊称为“五谷神先生”，全日本一共有30万个稻荷神社，而京都的伏见稻荷神社是总社，每年都会有很多日本人来这里祈愿。里面到处可见口中叼着稻穗或谷物的狐狸，接受人们的膜拜与礼敬。

在伏见稻荷神社

神社中的千本鸟居是神社最大的看点，站在层层叠叠的鸟居林中，我脑海中闪过《艺伎回忆录》中的一个镜头——さゆり在无数的红色鸟居间一路奔跑，鸟居之间光影交错，仿佛永远也没有尽头。

清水寺

如果说让我选择一个景点重游一次，那么我一定会毫不犹豫地选择清水寺。清水寺是京都最大的寺庙，供奉的是千手观音，据说许愿抽签都很灵验，像我这种没有信仰的人，都忍不住摇响祈福铃，祈求家人的平安健康。

清水寺最大的看点是悬空的清水舞台，这座舞台是纯木造的，有好几层，站在这里可以眺望京都城，天好的时候连京都塔也清晰可见。虽然我去的时候是冬季，但我依然可以想象当樱花盛开时，站在这里看到的景色该有多么壮观。

清水寺大舞台

清水寺还有一个著名的音羽瀑布，清泉一分为三，分别代表了“学业成就”“恋爱成就”“长寿祈愿”三个层面，据说从这三个泉口任选一个然后饮下此泉水，许下的愿望就会实现。看着每条泉水前面长长的取水队伍，我只能遗憾地绕道而行。

金阁寺

既然来到了京都，金阁寺是一定要走一趟的。金阁寺又叫鹿苑寺，还记得小时候看的动画片《聪明的一休》吗？动画片中有一位几次三番为难一休的足利义满将军，他和一休一样是历史上真实存在的人物，是室町幕府的第三代将军，也就是金阁寺的主人。寺前边有一片湖水，金光闪闪的金阁寺倒映其中，碧水蓝天，绿树金瓦，这幅景观有一种震撼人心的美丽。听说墙上贴的金箔都是用纯金打造的，可见当时的镰仓幕府是多么繁盛。

除了金光闪闪的寺院外，陆舟之松、金阁寺垣、鲤鱼石、白蛇塚，哪怕一个小小的石头，都有着属于自己的故事，等待你去慢慢探寻。金阁寺还有一个非常独到的地方，游客拿到的不是参观入场门票，而是盖有朱印的祝福的话语，这一点让人觉得很是贴心。

结　语

京都有着处处为你着想的刻意和不经意，如果你在街头看到穿和服的女子和穿西装的先生并肩而行，请一定不要吃惊，这就是京都，一个将现代和传统体现得淋漓尽致的城市。夕阳下，咖啡和茶，来自不同的远方，却又那么和谐美丽。

踏着余晖，我走在这座城市的街头，寻找着书中的红格子门，虽然没有细雪飘飞，虽然市街已不再沉睡，但我仍然能从萧瑟的冬日里感受到苗子的悲伤。

川端先生说“在一个季节里必然感到下一个季节的来临，冬季总孕育着春天，春天总孕育着夏天”。他将自己心灵的悲哀融入禅意寄托在书里，今天我带着这份感情来到这里。我想，无论是春季的紫花地丁，还是冬季的细雪，在川端先生看来都是永恒的美丽吧。那么，就让我把书中的悲伤留下，带着川端先生和京都城给予我的永恒之美，继续踏上旅途。

作者简介：

宋薇，女，1988 年出生，青岛外事服务职业学校第二外语组教师。2015 年 1 月，与朋友赴日本旅游。

细节之中看日本

青岛外事服务职业学校教务处　边　力

我在 12 天的日本之行观察到，日本人精益求精的工匠精神和以人为本的服务理念处处都有体现。

日本各地为外国游客提供价格优惠的周游券、交通卡，如大阪一日周游券 2500 日元、二日周游券 3300 日元，除交通免费外，还包含 35 处免费景点，只有持外国护照的才可以享受到。日本旅游主打平民牌，旅游体验堪称完美，不管在哪里都会享受到令人舒服的贴心服务，所以吸引游客一而再再而三地来观光。

车站入口有自动售票机，闸口自动检票，车票车卡随意插入迅捷吐出，没有烦琐的安检环节，节省了许多人工和时间。车站内可存包，有自动证明写真机可投币拍证件照，还有汇聚各地特色美食和文化的车站便当。在日本乘坐新干线，每到一站买份便当尝尝，是很多旅行者的必做事情。

车厢内安安静静，乘客或看书看手机，或闭目养神，或视线放低凝视前方，没有我这么好奇的，四处张望。各种贴心设施就不说了，比如冬天的座椅是加热的，越坐越舒服。公共汽车后门上车、前门下车，下车前要按铃示意，下车时打卡或投币，每位乘客下车时，司机都会说一句“ありがとうございます（非常感谢）”。

进门换鞋这个规矩执行得很到位，大阪住的旅馆，进门换拖鞋，自己的鞋子放入自己房间号码的鞋柜里。参观姬路城，换拖鞋进入，自己的鞋子装入塑料袋提着走，所以干干净净，节省了清洁所消耗的人力。

景点参观路线给设计好了，只要按照箭头指示方向走，不会漏过一处，也不会走回头路。不过，同行的沛教授对此颇有微词，他觉得这个限定太死板了，玩嘛，就该自由自在。我的想法是，从管理者的角度来说，进行路线设计很有必要，充分考虑到参观者的需求，细心，用心，贴心；从观光者的角度来说，参观路线是个参考，只要没从出口离开，想要多看几眼的景点完全可以再回去看的。印象最深刻的景色有两个：夕照中金阁寺不可方物的美惊艳到我，日本独有的枯山水庭园震撼到我。

乘自动扶梯时真是规规矩矩，严格站在右侧一列（大阪站右侧，东京站左侧)，很整齐，高峰时段很多人奔跑着进出车站，左侧就派上大用场。等绿灯也是，绝对没有擅自穿越的，因此街头车辆行驶得很快，“呜”一声飞一般地就过去了。当然在行人过马路时，转弯汽车都很耐心，绝不抢行。

日本人衣着低调而考究，棉麻呢质地，黑色蓝色卡其色，简简单单，穿着舒适。日本人身材匀称，温文尔雅，极少见到胖子，我想，这一方面和饮食清淡有关系；另一方面也和日本人的自律有关系，好身材的背后是满满的自律与坚持。

日本车不大，很多车设计得方方正正的，车内空间更大些。住宅多为“一户建”，应该是为了防震，楼层低矮，面积也都不大，车库小小的正好停一辆车。路边但凡有小块空地就建成小小的停车场，停几辆、十几辆车。饭店、旅馆房间也不大，精心规划每一处空间物尽其用。所以好吃的店门口都会排队，里面只有十几个小座位而已。排队时点好餐，就餐时交小票。

这一家的车库甚至不能完整地停一辆车

卫生间体验感很好，恒温马桶盖，冲洗功能，音姬效果，卫生纸好几卷备用，就是空间有的过于狭仄。日本卫生间多采用四式分离设计，如厕区、盥洗区、沐浴区、更衣区分开，干湿分离，方便实用。

路上没有垃圾桶，垃圾带回家处理，路面干干净净，当然据我观察也能看到少量烟头、饮料瓶，但绝无口香糖渍、痰渍和小狗粪便。垃圾分类品种多，每天收的垃圾不一样。天蓝，水净，冬天也有许多鲜花盛开。

好像没有见到一个流浪汉，也没见到街头艺人，涂鸦少许。不用担心小偷，只要在马路上自己别大意丢东西就行。我第一次管理乘车卡，就弄丢两张，赶紧把管理权交给靠谱的沛教授。旅馆、商店等场所都提供雨伞借用，用后及时归还即可。

日本女孩接受的教育和男孩不同，日语有专门的女性用语，因此日本女人温婉娴静，充分体现东方女性的温柔之美。在京都博物馆，一对祖孙给我留下美好印象，奶奶带着八九岁的孙女看展品，用耳语念展品介绍、交流体会，女孩表现出极大兴趣，可爱至极。

日本在保留传统文化方面堪称典范，立春当天在街头看到相关的告示，一周七天用日月火水木金土表示，见到一个停车场用鹤 1、松 2 表示车位，博物馆里的文物几乎没有残缺，汉字很多，路名、点餐、博物馆展品介绍能看懂一半，在京都一辆公交车上还看见小学生的汉字书法展示。各地都有和服体验，京都、奈良尤其多，当然体验的很多是中国游客。

日本的商品标签有两个定价，一个标明商品本身价格，一个标明税钱，8%的税率，而我们的很多税是暗含的，买一个馒头暗含17%的增值税。现金支付仍然普遍，刷信用卡和支付宝也可以。网购也没有我们的淘宝、京东那般无孔不入，给那些几代人传承下来的老店老生意人更多的活路。

日本是个老龄化社会，见到很多70岁左右的老人仍在工作，见到一些老人步履艰难地外出购物，在电车、公交车上有些老人不坐特优专座，也不愿意接受年轻人让座。

京都街头随处可见的和服姑娘

京都千都盛铁板烧的老板夫妇，每天忙到半夜12点才能休息

时值冬天，看见一些光腿穿裙子的女生，街头戴口罩的人挺多，吃饭时如不特别要求送来的都是冰水。还有，日本的自来水可以直饮。

寺庙多，神社多。寺庙是佛教的，神社是神道的，区别寺庙和神社最简单的方法是鸟居，有鸟居的是神社。日本佛教一般被认为是“没有戒律的佛教”，除了中国的鉴真大师东渡日本所建立的唐招提寺等少数寺庙外，几乎所有的日本和尚都可以食肉娶妻。神社是日本人精神生活不可或缺的一部分，每逢新年、考试、相亲、生子的重大时刻，都要去神社参拜、求御守(护身符)、写绘马、求神签。

在京都站遭遇问卷调查，一位会讲中文的日本女士客气地问：

请问您是中国人吗？
可以耽误您一分钟问几个问题吗？
请问您是第一次来日本吗？
请问您的年龄？
请问您是来京都，还是离开京都？

请问来京都之前您去了哪里?

请问您使用哪种交通卡(给我看各种交通卡图示,方便我辨认指出)?

好了,没有问题了,请稍等一下。

然后她从口袋里掏出来一个日本拉面小模型送我,我们热情地互相道谢、道别。

……

日本人的工匠气质比较显著,并不是说创造力就不行,这些年来日本人获诺奖的实在太多,一些好用好玩好看好吃的东西也是他们发明创造的。出来看一看的好处是:哦,世界原来是这样子的。哦,他们是这样生活的。我们和他们,虽然可能存在国籍、肤色、宗教等诸多差异,但人性在本质上是相通的,这就是沟通与理解的基础。当你以“各美其美,美人之美,美美与共,天下大同”的胸怀去看世界,不知不觉间自己就丰厚起来,眼界开阔了,气度更大了。

作者简介:

边力,女,1970 年出生,青岛外事服务职业学校教务处教师。2018 年 2 月,与家人赴日本旅游。

日本旅行杂记之一：花一样的日本女人

青岛外事服务职业学校语文教研组　李冬梅

有句话说，“最幸福的生活，莫过于娶个日本老婆，雇个中国厨子，请个法国管家”。

对日本女人最初的印象，来自徐志摩那首著名的短诗——“最是那一低头的温柔，像一朵水莲花不胜凉风的娇羞，道一声珍重，道一声珍重，那一声珍重里有蜜甜的忧愁——沙扬娜拉！”

诗中的日本女郎，娴静，纯美，真是呼之欲出。她刹那间的情绪、动作、语言，像一幅充满生活气息的风俗画，再现了日本妇女的民族性格——温柔多情，善良谦恭，激起了我强烈的探究欲望。

自踏上这个樱花的国度，日本女性，便成了我时时观察的焦点。从本州到九州，年轻时髦的日本女郎，拖家带口的母亲，或是白发苍苍的妇人，无一不是我聚焦的对象。而她们给我的整体印象，就是——美。

日本女性给我的整体印象，就是——美

是的，美的妆容，美的形体，美的言行，美的品德。由外至内，各种不同层次的美，完美地融合在一起，使我眼里的绝大多数日本女人，是那样的赏心悦目。我不得不暗自感叹徐志摩观察得细致，捕捉得敏锐。

爱美之心，人皆有之，日本女人尤甚。她们深谙爱美之道，懂得从各方面打理与呵护自己的外在美。

美的妆容

徜徉日本街头，我发现，身边的绝大部分日本女性都比较养眼。倒不是个个都天生丽质，惊为天人，让人赏心悦目的秘密之一便是——化妆。

在福冈别府温泉酒店，一位古稀老人给我留下了深刻的印象：虽然老年斑历历在目，可皮肤白皙，鹤发童颜，泡温泉也梳着精致的发髻。她粉黛薄施，睫毛上翘，防水睫毛膏涂得一点都不马虎。

都说“女人四十豆腐渣”，可这位气度雍容的日本古稀老人，让我感受到的，却是另一种美！

据说，日本女人不化妆不出门。即便是白发苍苍的老人，只要出门，也一定要妆容精致。因为大多数日本女性深信，高超的化妆技术可以超越天生的美貌。她们喜欢通过化妆，来创造一副令人令已都满意的脸。

仔细观察那些妆容精致的日本女性，你会发现，她们都深得“淡之美”的精髓——淡淡的粉底，淡淡的腮红，淡淡的眉粉、眼影，淡淡的唇彩……总之，一切都是淡淡的。貌似漫不经心，实则精雕细琢。因此，随便哪一个从身边经过的日本女子，都好像春天早晨一股清新的风，给人留下难以磨灭的印象。

美的服饰

美的妆容，还需要美的服饰陪衬。

在日本商场闲逛，我发现，日本女性的服饰也力求接近本色和自然，面料多为棉麻，色调雅致，鲜有大红大紫这样抓人眼球的色调。在服装样式的设计上，大多走简约、甜美路线。一个小花边，一段小蕾丝，一截小褶皱……无一不彰显设计师力求凸显女性温柔、甜美特点的良苦用心。与服装相配的各种饰品，更是种类繁多，价格亲民，妥妥地满足日本女性的爱美之心。

美的形体

美的妆容、美的服饰，没有美的形体，那怎么能行。

在日本街头，鲜见大腹便便的男性或女性。

日本之行的第二个周，我们扎根福冈，住在百道浜福冈塔附近的一座公寓里，周围有不少日本邻居。我因此得以近距离观察日本女人的日常。

和大部分中国女人一样，勤劳的日本家庭主妇也是一大早起来就各种忙碌：准备一家人的早餐、午餐便当、送娃去上学或是幼稚园……忙完这一切，她们一般便直奔超市、商场，开启买买买的模式，采买各种生活用品，然后奔回家做家务。上午异常忙碌，下午就给自己放假。日本女人很会爱自己，她们喜欢用健身的方式打发自己的下午休闲时光。去健身俱乐部，在健身教练的指导下选择适合自己的运动方式和运动量，既塑造了完美的身材，又和姐妹们在闲聊中排遣了生活的压力，满足了自己的社交需求……真可谓一举多得。

美的言行

伏尔泰说，外表的美只能取悦于人的眼睛，而内在的美却能感染人的灵魂。

在福冈小住期间，给我留下最深印象的，是一位日本邻居。每每外出，在楼道里、电梯里遇见，她总是满脸明媚的微笑，非常友好地主动和我们一家打招呼。有时候，即便是她先走到电梯口，她也总是站在门外，伸手给我们护着门，微笑着示意我们先行。她那温柔的声音，优美的仪态和通身的娴雅安宁，总使我不由自主想起徐志摩的那首诗。

和这位女士相似，在很多日本女人身上，你常常会感受到一种由内而外的优雅。即使人长得并不漂亮，但那份由心散发出的温柔与气质，就足以降服你，给人以心灵的宁静与平和。她们总是那么的娴雅安静，眼神清澈，笑意盈盈，温柔地和周围的人交流。

可以说，正是外在与内在的结合，令日本女人的美丽独具风采。

在福冈闲逛，大街上也经常能看到自己带着俩娃三娃的妈妈，脸上的表情总是那么风轻云淡。作为一个被工作和家庭两面煎熬的中国女性，我很是羡慕日本女人这种因内心的丰盈而呈现出的优美的生命姿态。

她们何以如此？

一位旅居日本的朋友告诉我，日本女人的这种气质可不是靠“妆面”修饰出来，而是从内心修炼出来的。现代日本女性，很重视建构深层的自我。她们十分重视“道”的学习，在条件许可的时候，有相当一部人会去寺庙修心。

此外，女性权益保障方面，法律健全，女人不会感到生存压力大；社会服务功能也非常完善。在日本，即便是刚出生几天的婴儿，也可以送幼儿园托管……因此，日本的绝大部分女性，自我性别的认同感非常强，她们享受身为女人的喜悦和幸福，绝少发出“下辈子不当女人”的感慨。

行走日本，跳出历史的羁绊，我觉得，内外兼美的日本女人，是一道美丽的风景线。

作者简介：

李冬梅，女，1979 年出生，青岛外事服务职业学校语文教研组教师。2018 年 7 月，与家人赴日本旅游。

日本旅行杂记之二：体验“地狱”

青岛外事服务职业学校语文教研组　李冬梅

漫步日本大分县别府的街头，当我在炽热的柏油马路上，赫然看到“下地狱”三个配着指示箭头的醒目大字时，很是惊悚。

初到别府，我第一眼看到的景象，是下图这样的：

大分别府市貌

从东京到别府，一路上，映入眼帘的都是青山绿水，特别立体的云朵静静悬浮。

刚到别府，一看这满城的烟云缭绕，第一感觉是——哇，原来日本还有这样的情景！

位于阿苏火山附近的别府，自古以来，就是日本温泉涌出量最大的世外桃源。这里真可谓“家家起白烟，户户尽温泉”。不知怎么，眼前这情景，竟让我莫名想起了济南。当年游历此地，感叹“家家泉水，户户垂杨”。

来到别府，自然要“下地狱”。别怕，此“地狱”，非彼“地狱”也。

日语中“地狱”名称的由来，源于铁轮、龟川的特殊地理现象。《丰后风土记》里记载铁轮、龟川的周围地带在很久以前就不断喷出热气、热泥、热水等。经过火山喷发后的地带，硫磺漫山，烟雾腾腾，高温气体把岩石都化成了黏土，方圆数千米都寸草不生，成为不毛之地。日本人看到这种荒凉的景色，不由产生恐惧之心，不敢轻易靠近。联想起佛教中描绘的地狱场景，就把这些地方叫作“地狱地带”，而形成的一个个“热水池子”，便叫作“地狱”了。像日本箱根地区的大涌谷、小涌谷，古代就叫作大地狱和小地狱，连其周边的地名也相配叫作阎魔台、地狱泽。一直到1873年明治天皇外出巡游时，当地人觉得让天皇“下地狱”有点不吉利，才改了名。

别府大小温泉众多，最著名的有八个：海地狱、鬼石坊主地狱、山地狱、灶地狱、鬼山地狱、白池地狱、血池地狱、龙卷地狱。

海地狱是八大温泉中最大的一个，形成于1200年前鹤见山爆发时期，因属硫酸铁质，在阳光折射下，池水呈现出湛蓝、清澈的色泽，望之有海的感觉，因而得名。

梦幻般的“海地狱”

当我溜溜达达，终于见到传说中的“海地狱”时，瞬间就被那水汽氤氲中的一汪碧蓝俘获，几乎忘了这是“地狱”之境。不过，“地狱”虽美，却不能太过靠近，因为那呲呲冒着热气的“地狱”之水，温度高达98℃以上。虽然如此，我还是勇敢地围观了好久，在“海地狱”附近和鲜红的鸟居旁，轻按快门，留下了到此一游的纪念。

如果你嫌“地狱”太热，又想欣赏“地狱”之美，别急，贴心的“地狱”主人早就替你想到了——离“海地狱”大约十米之遥，有个综合商店，集销售纪念品、小食品、休闲小憩于一身。大夏天的，里面冷气十足。点一杯冷饮，在落地玻璃窗前，选择一个喜欢的位置坐下，你就可以尽情地静心欣赏那一片醉心的湛蓝。

毗邻“海地狱”，有一片更大的温热水域。幽静的水面上，热带睡莲尽情舒展翠绿的腰身，鲜艳的奇朵零星点缀其间；烟云缭绕中，周围的小山草树隐身为碧绿的背景：这景致，像极了莫奈的《睡莲》的意境。

“海地狱”温泉湖风光

“海地狱”游览园区的特点之一，便是自带魔幻效果，因为地心热气喷气点到处都是，置身其中，恍如仙境。走累了，随便往专供游人休憩的木亭子里一坐，座位底下是“地狱”主人精心引来的天然“地狱”热汤，把脚泡进去，很快就“满血复活”。

从“海地狱”出来，我们接着游览“血池地狱”。

“血池地狱”泉温约 78 度，实测深度为 30 米，因为富含酸化铁、硅酸、酸化钙和酸化镁等成分，整个池塘都呈现红色，是日本最古老的天然地狱之一。

“血池地狱”一瞥

如果说“海地狱”给人的感觉是心醉，“血池地狱”则让人感觉真有点地狱的诡异。

其实，地狱或天堂，又有谁见过呢？布莱克说，一沙一世界，一花一天堂。

真正的地狱与天堂，皆在人心。如果你心向光明，地狱中也能看到风景。

从“血池地狱”出来，在附近，意外发现了一座郭沫若提诗的石碑。虽是一块石碑，因了熟悉其上诗作主人的缘故，也像他乡遇故知般，倍感亲切。细看上面的碑文，原来是这样一首诗：

游别府

郭沫若

仿佛但丁来，血池水在开。
奇名惊地狱，胜境擅蓬莱。
一浴宵增暖，三巡春满怀。
白云千载意，黄鹤为低徊。

据说，1952年底，郭沫若率学术代表团访问日本，受到各界的热情款待。回国前，由内山完造（鲁迅文章里经常提及的内山书店老板）夫妇陪同，前来别府参观。郭沫若参观“血池地狱”，是在晚上。这一池绯红的地狱之水，在灯光的映衬下，越发奇美。郭老当即技痒，蘸着殷红的池水，在土产店出售的手绢上，挥就此诗。

当年的诗人，早已消失在时间的无涯的荒野里。如今，只剩下这首歌颂中日友谊的记游诗，借了石头的筋骨，默默屹立于这变幻无常的人世间。

……

别府之行的终点，我们下榻杉乃井温泉酒店。该酒店面朝别府湾，伫立在翠绿的山顶上。在这里，除了有温泉可泡外，还有各种亲水游玩设施。酒店的房间也别有洞天：一室之内，既有日本特色的“和居”，也有标准的现代酒店设施，客人可以根据自己的喜好自由切换，非常适合亲子旅行。

杉乃井温泉酒店兼有和居的标间客房

和大部分日本温泉酒店一样，杉乃井的温泉分室内、室外两种：室内温泉大小不一，种类多样。室外温泉较大，有高中低三种不同温度的汤池可选。酒店本来就位居山顶，露天温泉更是傲居酒店的制高点，周围高低错落的绿植是另一道天然的屏障，来访的客人，可身心无挂地尽情享受温泉之乐——这精心的设计和品质卓越的服务，让你不由得心生感叹！

作为“愈し”文化之首，在日本，泡温泉不仅仅是“洗澡”，而是一整套的“仪式”，有很多要遵守的温泉礼仪，比如，不能穿着泳衣进入泉池；入浴前要彻底净身；淋浴净身时要坐着，不要把水溅到别人身上；温泉中心提供的小毛巾，可用来擦汗、包头发等，不能用来搓澡；温泉内不要大声喧哗，以防他人“迷惑”……

在杉乃井度过的最后一个晚上，至今还清晰地印在我的脑海里。

为了静心体验日本的温泉文化，我换上和服，只身来到酒店的温泉中心。赤脚走过长长的原木甬道，大堂的喧闹渐行渐远，木道的终点，温泉入口处，“男汤”“女汤”的门帘静静垂立。挑帘入内，温热的水雾扑面而来，紧绷的心房顿时松软……

受不了室内温泉的热情，我欣然接过露天温泉抛来的橄榄枝。尝试了三个不同水温的汤池，只有最外围的低温温泉最合我意。边缘处亦有惊喜：贴心的“地狱”主人竟只在低温泉池里修建了水泥躺椅，泡乏了，可坐可卧，随心遂意。在温泉里尝试躺椅，真是一种奇妙的体验——温热的“地狱”之水，就像无数双温柔的小手，把你轻轻托起。貌似躺在长椅上，实则悬浮其上，水波微漾，人亦随之轻晃……我想，在高温泉池里，烈火烹油般的炙热之下，断没有这样的放松与惬意。远离喧嚣，低温泉池外，连护栏都不设，仅一道绿植镶边，绿叶之外便是无边的风景。夜色如水，异国的天空杳远深邃。眺望远处的万家灯火，耳旁是低低的扶桑软语，在“地狱”之水温暖的怀抱中，我只感到，内心的喜悦，在渐次蒸腾……

混迹于钢铁丛林的现代人，麻木的心，灵性渐失，唯有无言大美的大自然，是屡试不爽的解药。

在自然温暖的怀抱里，以赤子之形，恢复赤子之情——我想，这，或许就是日本温泉文化的精髓吧。

杉乃井温泉酒店露天温泉

……

如此这般，就是我此番的“地狱”体验。

如果你喜欢，不妨也来走一遭。

小贴士

(1)在别府，游遍八大温泉，要坐公交，所以不妨在别府火车站，事先买好1000日元的通票，不仅划算，而且省去计算车费的烦恼。

(2)八大“地狱”中，最初的六个“地狱”是连在一起的，走路即可。最后的“龙卷地狱”和“血池地狱”需要坐巴士，大约行程3千米，回程到别府火车站的巴士就在“血池地狱”的对面马路上，要事先看好站牌的时间表，这样才可以达到最佳行程安排。

风光明媚、山清水秀，素有西洋文化最早开花结果称号的“丰之国”，当然也不仅仅只有温泉。无论是野生猕猴聚集地的高崎山、别府湾海洋生物家园的水族馆，还是出自名家设计的美术馆、精致美味的河豚料理，总有一种理由让你喜欢上这里。

作者简介：

李冬梅，女，1979 年出生，青岛外事服务职业学校语文组教师。2018 年 7 月，与家人赴日本旅游。

日本旅行杂记之三:“诺奖收割机”是如何炼成的

青岛外事服务职业学校语文教研组　李冬梅

假若你似我一般百无聊赖，你或许能理解，我何以会在一个平淡无奇的午后忽然猜想起日本的诺奖问题来。

近年来，弹丸之地的日本，迎来了诺奖的井喷：自2000年迄今，接连诞生了18位诺奖得主，平均一年一个的节奏，妥妥成了名副其实的“诺奖收割机”。

日本与中国一衣带水，深受儒家文化影响。同属东亚文化圈，两国民众思维方式有许多共通的地方，为什么诺奖如此青睐日本，而我们这个教育大国，面对沉重的“钱学森之问”，迄今无人能解?

2018年暑假，我终于有机会踏上这片神往已久的国土。15天的自由行，带着心中的疑问，我慢慢行走，用心观察，一点一点寻找有可能的答案……

快乐的童年有多重要?

此次旅行，有一半的时间，我们待在福冈。

没来日本之前，经常听在那里定居的朋友说，在日本，小孩可以放心地出去玩，到点再喊回家吃饭；不小心丢了东西，基本没人动，颇有点咱们20世纪50年代“路不拾遗，夜不闭户”的味道。我听得将信将疑。

刚到福冈，孩子很快就和朋友家的小哥哥熟络起来。兴奋的小哥哥似乎有点不知道该怎么表达自己的热情，提议要带初来乍到的她下楼去购物。朋友没有制止，看样子习以为常。我有点小担心，提议陪他们一起去，遭到了两个娃的一致拒绝。爸爸和朋友夫妇俩都说没事，让我放心。我不好意思，只好放行。一个小时过去了，我心急如焚，几次看表，就在我几乎要冲下去找人的时候，两孩子说说笑笑地回来了。第一次没有大人陪着外出，平安归来的姑娘，眼神里闪烁着满满的自豪和兴奋。

下午太阳依然毒辣，不睡午觉的小哥哥提议带她去附近的小公园玩，说那里有不少游玩设施。临行前，他提醒穿裙子的妹妹最好换一条耐磨的裤子。我赶紧翻出一条薄薄的七分裤让她换上。这么热的天，我可受不了，你们愿意去就自己去吧。

太阳西斜还不见人影，我又沉不住气了，换好衣服下楼去找人。刚到地方就惊奇地发现，太阳帽被扔在一旁，姑娘的小脸已经晒出了浅浅的小麦色。在国内还貌似文静的小女孩，在哥哥的带领下，已然变身为不折不扣的“女汉子”——只见她小脸通红，满头大汗，正手脚并用地努力攀爬一个高高的游玩设施，一边爬还一边兴奋地大呼小叫。在国内已经安度了两个夏天的裤子，在日本，才半天的功夫就撕裂了两个口子，就这么神奇地报废了。

这种情况下两娃还不想回家，我只好耐心等候，顺便和旁边同样看娃的中国台湾的妈妈攀谈起来。她带孩子来日本上学已经三年了。她说，日本的小孩课业负担轻，户外活动多，很多孩子的皮肤都是小麦色。孩子上学，老师会要求家长给孩子穿耐磨的衣服，因为学校的课外活动也很多，孩子每天都少不了摸爬滚打，各种玩耍。

晚上从海滩回家，孩子忽然说想吃冰激凌。爸爸给钱让他俩自己去买。小哥哥说我们买完我带妹妹从另一条路回家。我一听，心又悬起来了，委婉提醒已经快十点了，两个小朋友其中一个还是女孩，没有大人陪着会不会不安全。结果又招来众人一顿嫌弃。最后，两个小朋友还是自己从另一条路平安回家了。

第一次没有家人陪着去购物、去玩耍、晚上回家，这记录破的，让作为亲妈的我很是感慨！

于是，在福冈的一个晚上，我成功地失眠了。白天，孩子那无比畅快的笑声时时在耳边回响。自从踏进学堂，我有多久没听到她如此欢快地笑过了！

一件小事浮现脑海：

一年级下学期，第一天报到，她检查完所有的假期作业，背着新书包，欣然前往。两个多小时后，竟然皱着眉头回来了。原来，在学期伊始这个特殊的节点上，因为特殊的原因，老师又临时布置了新的作业。新学期的兴奋与欣喜一扫而光，她默默地坐在沙发上不想出声，半天，才长叹一口气：“唉，真没意思！妈妈，我想上小豆豆那样的学校。”

作为一个教育工作者的我，无言以对。

是啊，但凡看过《窗边的小豆豆》的人，一定会对书中那个精灵般的小生命记忆深刻。没有巴学园这样的乐土，等待小豆豆的，也一定是一个无趣的人生。

“小时候，夏天喜欢在小河里捞鱼、捕萤火虫、采集昆虫，手持网子在野外一走就是一天，采筑紫、野芹菜、木通、杨梅、野草莓，能够感受自然的四季变迁。抬头看见满天的星星，可以很容易辨认出星座，银河像地上的河流一样奔腾……这些当时都没有想过，但今天作为自然科学专业的分子生物学的研究者，这样的体验，就是一切的原点吧。”2016 年获得诺贝尔生理学或医学奖的福冈人大隅良典如是说。

成功后的大隅良典认为，儿时这些丰富的自然体验，让自己触碰到了科学的大门，因为自己亲眼看到、亲耳听到、亲身经历，从而“发现”大自然的秘密，由此产生的兴趣，是知识灌输所不能获得的。

作为日本小学科学教材编撰者之一，大隅良典还尽己所能地把这种精神通过教材传达给小学生们，希望他们能保持好奇心和对未知世界的探索精神。因为，他始终坚定地认为：让孩子们爱上自然、爱上科学，对世界抱有宝贵的好奇心，是一切研究的起点。

有趣的是，日本诸多获得诺奖的科学家都和大隅良典一样，有一个喜欢亲近自然、探索自然的美好童年，也跟他一样发出过类似的感叹：

一个人在幼年时通过接触大自然，
萌生出最初的、天真的探究兴趣和欲望，
这是非常重要的科学启蒙教育，
是通往产生一代科学巨匠的路，
理应无比珍视、精心培育、不断激励和呵护。

——江崎玲于奈（1973 年诺贝尔物理学奖得主）

在微妙而美丽的大自然深处，
蕴藏着绝妙的合理性。
人就是因为被大自然的魅力所吸引，
从而对他的深奥产生了求知的欲望。

——福井谦一（1981 年诺贝尔化学奖得主）

善于观察、实事求是地观察是重要的基础。
这个基础是我从小学生的时候开始，
直到高中时代不经意中形成的，
在山野里追逐昆虫和寻找植物的到处奔跑中打下的。
对不起，我真的不知道为什么能够获得诺奖，
但是我能够确信的是，我对大自然非常感兴趣。

——白川英树（2000 年诺贝尔化学奖得主）

反观我们的当下，在巨大的生存压力之下，处处弥漫着焦躁与不安。于是乎，孩子就成了这种社会集体情绪的最大牺牲品。被焦虑裹挟的家长们，不得不急功近利，变本加厉地掠夺着孩子们弥足珍贵的童年。

一个没有童年的孩子，未来的人生之路，还能有多精彩？

日本的教育，非常重视孩子与大自然的链接，从小就让孩子接近自然、了解

自然，在自然体验中轻松自由地快乐成长。

日本的幼儿园经常会组织各种春游，远足活动，让孩子们充分接触大自然，并锻炼健壮的体质。小学会专门开辟一“种植园”，学生轮流在上面种蔬果、浇水、施肥，蔬果成熟之后，全校师生一起享用。

除此之外，日本的学生从20世纪开始就被要求进行“修学旅行”，目的是接近自然和文化，同时也能体验集体生活，“培养心胸宽阔的人”。旅行天数随年级增长而增加，大致二到六天，非常受学生们的欢迎。

在基础教育的校园之外，专门的自然教育学校在日本也非常受欢迎。目前，日本有近4000家各种类型的自然学校，为孩子甚至成年人更为广阔的学习场所。其中德国模式的森林幼儿园就有100多所，学位供不应求。

经常有机会和大自然接触，使日本的学生们有很强的自然探索精神，也赋予了他们“好奇心和勇气”(本庶佑)，也许这就是日本培养出众多的顶级学者，并多次斩获诺奖的原因之一吧。

文字来源:《18年18位，日本人再获诺奖，其根源竟是童年的自然教育》

家门口的博物馆

在福冈小住的公寓，正前方是福冈市立博物馆，居民小区与它无缝对接，因为小区和博物馆都是开放性的。

既然家门口就是博物馆，不利用太可惜，于是我带娃去了。一开始还担心孩子能不能欣赏得了，没想到一进门右手边就是免费的儿童游戏区，地方不算太大，但孩子们在里面玩得不亦乐乎。

说是游戏，其实就是寓教于乐。那里有世界各地的特色乐器、服饰、玩具、生活用品等。乐器随便动，皮影随便玩，生活器皿随便你摩挲研究，特色服饰也随便试穿，衣服上还有小标签标明是适合girl还是boy，免得穿错了尴尬。展柜上一字排开有很多服饰鲜艳的人偶，每一个的背面都有编号和说明，告诉你这是哪个国家哪种民族的特色服饰。此外，在旁边的图书角，还贴心地配有图书和地图，告诉你穿这种衣服的民族的分布区域。乐器角的墙上，也精心地贴着地图。醉心玩耍的小朋友无意一抬眼，就能直观了解到这些民族乐器大体的分布区域。你不想学知识都不行。大厅里特别显眼的位置上，也安置了一个展台，上面摆着一个大大的人偶群，专门用玻璃罩罩着。标签介绍说，展示的是一个和传统节日有关的日本非物质文化遗产。人偶制作逼真，摆放有序，每个人工作的不同分工，让人一眼即明。

福冈市立博物馆儿童游戏区：
世界各地特色乐器角

福冈市立博物馆儿童游戏区：
世界各民族人偶角

整整一个下午，我们压根儿就没离开这个“游戏区”，孩子在里面忙着玩，忙着看，忙着动手操作，我兼职解说和助手，也跟着长了不少知识。

在观看中国各民族人偶区的时候，一个标签上赫然标注着“中国・八二族”的人偶跃入了我的眼帘。作为一个中国人，“五十六个民族，五十六朵花，五十六个民族是一家”是我从小就耳熟能详的常识。但就是在这五十六个民族里，竟然还有一个民族叫“八二族”，这，我真的是第一次听说。至于这个民族分布在哪里，穿什么样的民族服饰，有哪些生活习俗，我就一无所知了。

但可怕的日本人，竟然都知道！

总之，为了让小朋友学点东西，无比认真的日本人也真是操碎了心。

我爱图书馆

“若有一天离开日本，有两样事物最堪怀念，一是铁道，二是图书馆。”说这话的，是旅日作家王东。

王东之所以如此看重图书馆，主要是大学里受过太多刺激使然。

当年，初入大学的他，最向往的，就是那号称藏书 160 万册的图书馆了。可是，很快他就伤心地发现，学生能借阅的开架书库藏书，大概连十分之一都不到。爱书如命的他，为了借几本文学读物，常常不得不低声下气、小心翼翼地，向脸色乖张的管理员陈述法学专业的学生阅读侦探小说的必要性。

王东的苦恼，来了日本以后，一切都迎刃而解。

现代图书馆在日本的历史不过 110 年。此前是皇室、贵族、武士的文库时期，日后出现了逐渐扩大的庶民文库和贷本屋（租书店）。福泽谕吉在欧洲考察的记述中，详细介绍了西欧各国的图书馆，在日本引起了很大反响。1872 年，明治政府设立书籍馆，掀开了新的一页。1899 年，明治政府下达图书馆令，将图书馆作为近代民族国家建设的一环，导致日本的图书馆数量出现了飞速的增长，从该年的全国 32 座变为 1912 年的 541 座。此后，图书馆的发展脚步几乎毫不减缓。1936 年，全国已经有了 4609 座。

今天的日本各级公立图书馆，恢复了社会公益设施的面貌。加上私立图书馆，共有 3126 座，藏书 37473 亿册。另外，大学图书馆尚有 1660 座，藏书 3896 亿册。

图书馆在日本所受的重视，从一个细节上可见。日本的国家公务员薪俸等级中，首相以每月 225000 元高居榜首，和首相平级的是国会两院议长、最高法院院长(月薪 2073600 日元)，接下来的一级包括内阁大臣、最高检察署署长两院副议长，还有一位就是国会图书馆馆长，月薪 1513800 日元。自中央以下直到地方，各级图书馆馆长都在本地公务员体制中处于较高的级别，显示出了日本对图书馆事业的重视。

——王东《别跟我说你懂日本》

王东的《别跟我说你懂日本》，是我临行前利用有限的零碎时间透彻阅读的一本书。

在带孩子初探博物馆的时候，我就惊喜地发现，果真如王东所言，日本的图书馆真的很多——福冈市立综合图书馆竟然和市立博物馆仅隔一条小路，也在家门口。住所不远处，有一个日本西南学院大学，大门入口处就是气派的图书馆。透过明亮的落地窗，可以看见里面设施现代而舒适，有风格简约的沙发和长桌，学生们甚至可以在里面点饮品。

一杯饮品，一卷好书，一方安静的天地，一颗宁静的心——人世间，还有什么比这更好的呢?

读书，这么好的事，给人小小的心一个大宇宙。

图书馆，是世间最好的学校!

爱美的国民

在日本行走期间，经常会被一些不起眼的小东西，击中心房里最温柔的一角。比如，超市里的一个便当，大街上一个普通的窨井盖，酒店里随便摆放的水果盘……这些东西，它们有一个共同的特点，就是——美!

对日本研究甚早且见解不凡的戴季陶，称日本人为“爱美的国民”。他甚至把“爱美”视为日本之所以强盛、发展的两个最基本力量之一。“日本的审美程度，在诸国民中，算是高尚而普遍。”在著名的《日本论》中，戴季陶如是说。

美育与诺奖，似乎是风马牛不相及，其实不然。

日本各地各具特色的窨井盖

但丁说，美是真理的光辉。探究真理的动力中，一定饱含着对美的无尽追求。

在很多大科学家眼里，科学美是自然和谐之美的映射，是人们发现自然之秘而产生的自我超越感，是从科学和谐统一的思想中产生的愉悦自由的心理体验，是促使他们勇攀科学高峰的重要原动力。对科学之美的痴迷，可诱发出科学家无限的创造力。

有别于其他教育方法和手段，美育，恰恰是最能激发人的想象力和创造力的一种。

一个有着丰富的审美知识和敏锐的审美直觉、审美灵感的人，在科研中，一定会少一些功利，多一份对美的追寻和享受，单调枯燥的实验也会因此变成对美的探险。这样，或许更容易到达真理的彼岸。

日本人的爱美之心，使他们对大众美育的普及深入下了不少功夫。1950年，战后的百废待兴阶段，以“振兴日本美术教育”为宗旨的美育文化协会成立，成为幼儿园到大学的美育教师们的专业组织，并发展为日后的财团法人。以美术教育为例，日本从幼儿园起步的层级传授，使得民众的鉴赏力与创造力都得到提升，进而回馈经济产业，为成为世界一流的设计大国奠定了牢固的基础。无论是服装、平面视觉，还是工业外观、建筑等各个领域，日本的设计师成就有目共睹，其源头应当来自扎实的美术教育。任何一项事业，若能达到举国普及的程度，就必然会有所成就。

美育和日本人经常被称道的一个特点——认真——有着密切的互动关系。我们常说做事希冀“尽善尽美”，在日本人这里，“尽美”似乎比“尽善”更重要，抑或“尽美”本身就是“尽善”。因此，他们带着对“尽美”的宗教般的热情去发掘、打磨、修缮，自然也就达到了认真的境界。

——王东《别跟我说你懂日本》

“我慢”我骄傲

“我慢”(刻意忍耐)，是日本人日常生活中一个极其常用的词语。

据日本文部科学省统计，20 世纪 40 年代以来，诺奖得主取得诺奖研究成果的平均年龄是 37.1 岁，而他们获奖时的平均年龄是 59 岁，即从出成果到得诺奖平均要等待 22 年。而 2010 年之后的诺奖得主，从出成果到得诺奖，平均需要经历 29.2 年。大部分是在中青年时期取得研究成就，直到老年才能拿到诺奖。

第1-1-42表　世界のノーベル賞受賞につながる研究をした年齢と受賞までの年数及び平均受賞年齢

受賞年代	ノーベル賞につながる研究をした年齢	受賞までの年数	平均受賞年齢
1940年代	35.3	18.5	53.8
1950年代	36.3	15.1	51.4
1960年代	35.5	18.3	53.8
1970年代	36.7	20.1	56.8
1980年代	37.0	21.9	58.9
1990年代	36.4	24.5	60.9
2000年代	40.0 (37.9)	26.2 (30.3)	66.1 (68.1)
2010年代	36.6 (42.3)	29.2 (25.3)	65.8 (67.5)
総計	37.1 (40.1)	22.0 (27.8)	59.0 (67.8)

注：1．括弧内に記載している数値は2000年以降ノーベル賞を受賞した日本人の値
2．「ノーベル賞につながる研究」とは、ノーベル財団のウェブサイト[1]に、ノーベル賞受賞の対象となった成果として記載のある研究
資料：科学技術・学術政策研究所及び政策研究大学院大学科学技術イノベーション政策研究セ[illegible]i REXセンター）調査結果[2]を基に文部科学省作成

诺奖得奖年龄和出研究成果时的年龄比较

图文来源：《几乎一年拿一个诺奖拿到手软，日本还是高兴不起来？》
原文链接：http://dy.163.com/v2/article/detail/DT3VQ6CQ05149FK0.html

由此可见，要想得诺奖，必须要特别能熬，真是“千淘万漉虽辛苦，吹尽黄沙始到金”。而大和民族，恰恰就是一个特别能忍的民族。追根溯源，或许可以从日本人特别推崇的“武士道”精神中找到根由。

“我慢”即特别能忍耐。忍耐，很多时候，都会被视为一种懦弱的代名词。所以，中国人常说“忍字心头一把刀”。

如今，日本的中小学依然设有“忍耐教育”，如严寒的冬天鼓励孩子穿单衣；在滴水成冰的天气里，开展“我慢比赛”；自己的事情自己做，大人很少代劳，即使孩子哭闹……

我们在日本的临时住所，周围有几个学段不一的学校，如百道小学、百道浜小学、某职业高中、西南学院大学。当国人被媒体报道的“东京热”吓住时，我常常看到，马路上皮肤黝黑的日本小学生，自己背着硕大的书包倾身前行，或是在烈日当头的校园操场上，挥汗如雨，奔跑如风。

“工匠精神”

日本何以量产诺奖，除了上述原因之外，日本国民的“工匠精神”同样起到了

不可磨灭的积极作用。

日本人普遍都以极致的态度对自己从事的领域精雕细琢，他们不以功利、不以富贵论荣辱，对工作的坚持、对难度的挑战以及精益求精、追求完美的理念早已逐渐演变成普通民众崇尚的价值取向，并深入到他们的血液之中。在科研领域自然也不会例外，2016 年诺奖得主大隅良典就曾说过这样一句话："不喜欢与人竞争，做别人不做的事情是快乐的本质。"

此外，对教育制度持续不断的改进，对科研领域毫不吝啬的经费支持，对科技人才的大力培养和全民崇尚学识的社会风气，诸如此类，或许都是日本接二连三收获诺奖的原因吧。

有相当长的一段历史时期，日本一直是中国文化忠实的小迷弟。但如今，这个曾经的小迷弟在某些方面，比如诺奖，已然让我们望尘莫及。

与其临渊羡鱼，不如退而结网。或许，当我们彻底摒弃心中的那一份狭隘与浮躁，当我们努力的目标不指向诺奖，而仅仅是出于一份对事业的热爱与责任时，诺奖说不定就会翩然而至。

作者简介：

李冬梅，女，1979 年出生，青岛外事服务职业学校语文教研组教师。2018 年 7 月，与家人赴日本旅游。

在新加坡遇见哈莉玛总统

青岛外事服务职业学校教务处　边　力

2018年暑假，我和母亲继续走出去看世界，历时11天的香港—新加坡之旅让我们领略了两个国际大都市的风采。实力雄厚的经济基础，高度发达的第三产业，异彩纷呈的多元文化，和谐友好的社会环境……使香港和新加坡跻身于“世界十大国际大都市”的行列。

在新加坡，我们正巧赶上7月29日（8月9日新加坡国庆日前后的开放日）的总统府开放日。在抵达新加坡的第二天，我才做出艰难的决定：不去植物园看热带的奇花异草，也不去滨海湾花园看花穹、云雾林和超级树灯光秀了，而是去参观新加坡总统府。一是总统府每年只开放五次，可遇不可求的机会当然不要错过，而滨海湾花园此前在新加坡转机时稍稍领略过，以后再来参观也很方便；二是经历了前面八九天的旅途奔波之苦，是时候放慢脚步了，静静地感受“花园城市”的魅力。

29日早7点，我们从牛车水乘地铁至小印度，先来体验一下印度风情。新加坡虽然只是弹丸之地，却聚集了华人、马来西亚人、印度人、欧亚人等多个种族，每个族群都有相对集中的聚居地，牛车水的中国文化，小印度的印度文化，甘榜格南和阿拉伯街的穆斯林文化，兼容并蓄，水乳交融，创造了一个融合各种文化价值观、和谐开放的社会，令人叹为观止。

离开小印度后，我们按照百度地图的指引前往附近的总统府，来到一个侧门口，可以看到里面人来人往，可我们却进不去。隔着格栅门，一位热心的女士告诉我应该往哪个方向走，英文中夹杂着几个中文词汇，我大体明白要经过多美歌地铁站再路过狮城大厦就到了。一路走去，我又问了几个人，都很热情，都会简单的中文，基本不存在语言障碍。

到达总统府正门已将近10点，真是“起了个大早赶了个晚集”，迎面而来的是参观结束的大群年轻人。参观者众多，要排队经过严格的安检进入总统府。毕竟这里是新加坡的“中南海”，是历任总统的官邸，是进行重大外事活动的场所。今天，趁它撩起面纱之际，我们来见识一下它的庄重与神秘。

进门后，是大片碧绿的草坪，有树木青葱繁茂，有小河潺潺流淌，有游人悠闲漫步，有天鹅安详浮游，新加坡是著名的“花园城市”，总统府也不例外，是个大花园。

2000 米长的主干道走到尽头，炮台、喷泉后面的白色小楼就是总统府官邸，一楼的三个厅对游人开放，从左到右依次是接待厅、宴会厅和国事厅，宴会厅里展出各国元首送给新加坡总统的礼品，金器、银器、玉器、瓷器、漆器，雕塑、绘画、工艺品，琳琅满目。中国赠送的礼品大概有七八件，围绕着中国礼品的参观者也比较多，一是礼品精美，二是中国游客不少。接待厅是新加坡政要会见外国元首和政府首脑的地方，国事厅是国家政要召开小范围会议及举行重要仪式的场所，如宣誓就职和授勋仪式等。官邸内不允许拍照，游客们也都严格遵守。

提供志愿服务的新加坡童子军成员

从官邸出来，我们来到最热闹的演出大棚欣赏歌舞表演。因为是国庆日的开放日，所以演出的节目全部是爱国主题，听不懂英文歌词，萦绕耳边的都是 Singapore、Singapore、Singapore，旋律优美明快，还挺好听。因为坐到了第一排正中间的好位置，我和老妈轮流到周边转转，草坪上搭建白色帐篷的地方是不同的活动场所，有给小朋友组织的科技、制作、绘画活动，有各种表演项目、慈善义卖，还有花样繁多的展览。有大量的志愿者提供各种服务，安检、售票、验票、组织活动、维持秩序，有身穿制服的童子军成员，还有许多大学生。

看网上攻略得知，新加坡现任总统一般会在总统府开放日这一天现身，与民众见面，时间是下午 4 点。看看时间已是 2 点钟左右，坐着等吧，赶上总统府开放日是幸运，如果能见到总统更是幸运加持了。平时不太关心时政的我，特意查查新加坡现任总统是谁，这一查，有了新发现，原来哈莉玛总统是这样一位励志的女性，原来新加坡有这样一个公平的民选总统机制，新加坡的民族融合、政治稳定、经济发达的背后有着成熟的制度保障。

新加坡是一个多元种族国家，华族、马来族、印度族和欧亚裔是主要族群。新加坡总统选举每 6 年举行一次，总统为象征性国家元首。

2016 年 11 月，新加坡国会通过宪法修正案，改进了从 1993 年起实行的民选总统机制，规定如果连续 5 届总统选举中某个族群的代表没有当选总统，下一届选举的候选人名额就只保留给这个族群。

由于占新加坡人口13%的马来族过去40多年都未担任过总统，因此哈莉玛在此次选举中作为代表马来族的唯一合格候选人，在没有竞争对手的情况下不战而胜，成为新加坡历史上首位女总统，同时也是第二位马来族总统。

图文来源:《哈莉玛·雅各布:从“逃学女王”到新加坡总统》

原文链接:http://www.sohu.com/a/201034863_684737

参观总统府的前一天，我们刚刚在新加坡国家博物馆了解到新加坡苦难中崛起的艰辛历史:1965年，因民族矛盾，新加坡被马来西亚扫地出门，被迫独立。一穷二白，百废待兴，李光耀带领人民把一个连饮用水都要靠马来西亚供给的弱小城邦建设成发达国家。博物馆中反复播放的视频中，新加坡被马来西亚扫地出门时，李光耀接受记者采访没能控制住情绪，哭了。几十年后回头看，历史给李光耀出了个大难题，而李光耀漂亮地解出了这道题，成为伟人。时势造英雄!

国家博物馆的中文讲解员充满自豪地介绍，新加坡土地有限、资源匮乏，当年在全球招商引资时主打的王牌就是政治稳定、社会和谐、政府高效廉洁，到新加坡投资保证有钱赚。

下午4点，哈莉玛总统的车队进入园区，首先去了儿童活动集中的区域，演出大棚的观众们一直在兴奋地翘首期盼。大概20分钟后，小敞篷车车队慢慢驶过来了，我们这里是总统到访的第二站。总统夫妇一行坐在我和老妈前排特设的嘉宾席，观看了大学生的歌舞表演之后，登台与演职人员握手合影。然后与民众面对面地亲切交流，倾听民意。古语有云:“得民心者得天下。”民众拥戴总统，总统亲民爱民，那情景连我这个外国人看了都很感动。与演职人员、与社区代表、与现场观众、与青年志愿者合影留念时，他们喊的不是“茄子”而是“We are Singapore”，这就是爱国主义教育，国庆日开放总统府、总统会见民众、优美动听的爱国歌曲、合影时一遍又一遍喊着的“We are Singapore”，演员们红白两色的国旗色演出服装，以及新加坡越来越强大的国力、越来越重要的国际地位，这些都是富有穿透力的爱国主义教育，天长日久，点滴渗透，入脑入心，潜移默化，怎么会不热爱自己的祖国? 因为个人的命运是与国家的前途紧密联系在一起的，国家越强大，民众越幸福。

哈莉玛总统还要前往主楼那边的表演场地，我和老妈见过总统达成心愿就不再跟着去了。离开总统府时将近下午5点，一路上仍遇见络绎不绝的参观人潮，可见总统府开放日深得人心。

总统府位于著名的购物街乌节路，对面有福康宁公园，左边是狮城大厦，但我们都不想再逛，回到牛车水在唐城坊的鼎泰丰吃了晚餐，结束一天的行程。真是有意义的一天啊!

哈莉玛总统夫妇与演职人员合影

身穿国旗色服装的小朋友
与总统府宪兵合影

小贴士：

总统府地址：Orchard Road。

交通：乘搭地铁至多美歌(Dhoby Ghaut)站(NS24)，然后步行穿过乌节路(Orchard Road)。

门票：2 新币(新加坡公民和永久居民免费)，总统府官邸门票 4 新币，所有门票收入捐给公益基金。

开放时间：特定开放日(中国农历新年、劳动节、新加坡国庆节、开斋节、屠妖节)8:30 至 18:00。

作者简介：

边力，女，1970 年出生，青岛外事服务职业学校教务处教师。2018 年 7 月，与家人赴新加坡旅游。

这个世界"泰"美好

青岛外事服务职业学校教务处　边　力

2019年寒假，我把第一次独自出境游献给了泰国。

今年春节700万国人出国旅游，首选是泰国，泰国已连续多年稳坐中国游客出境游的头把交椅。而我选择泰国作为第一次独自出境游的目的地，正是基于这样的考虑：中国游客众多，为中国游客提供的服务相对成熟，如果遇到点困难，找人求助也方便。

"双十一"在对泰国的了解几近空白的情况下买了机票，第二天就大刀阔斧订好旅馆，曼谷3晚清迈4晚，这时我仅仅知道这两个城市的大概位置。

出发之前，我做了些功课：看旅行攻略，甚至连头条都掌握了我的阅读习惯，一个劲儿地推送与泰国相关的旅行信息；看了两三部泰国电影、七八集泰剧《天生一对》，还有国产电影《唐人街探案1》和《泰囧》；再加上我在《趣味语文》选修课上给学生讲过泰国广告脑洞大开的创意文案……渐渐地，泰国在我头脑中立体起来，鲜活起来，了解越多我越发喜欢泰国了。

怀着对泰国的憧憬，我踏上了旅程。落地后仅用半小时就顺利完成了免费落地签，途经《泰囧》的取景地——连接廊曼机场和阿玛瑞酒店的过街天桥，也就是徐峥扔掉手机想要摆脱黄渤追踪的那个天桥——找到廊曼火车站，用20泰铢（不到5元钱，返程时买的车票只要5泰铢）买了一张到曼谷市中心华南蓬火车站的火车票。车票到手，我脱口而出："在哪儿等车？"忘记售票员用英文还是泰语回答的，反正看手势就足够，就这个站台。

好的开始是成功的一半，10天的泰国自由行顺风顺水。我安排了曼谷3日＋大城1日＋清迈4日＋清莱1日＋曼谷1日，从大城到清迈、从清迈回曼谷我选择夜行火车，要想深入了解泰国，火车车厢是一个很好的观察窗口。

泰国给我印象最深刻的有五多：寺庙多，王室成员画像多，集市多，微笑多，游客多。

一、寺庙多

泰国有"千佛之国"的美称，走在街头，随处可见金碧辉煌的寺庙、身穿橙色袈裟的僧侣。泰国境内有3万多座寺庙，曼谷有400多座，清迈有300多座。

泰国90%以上的民众信小乘佛教，信佛男子一生中至少要短期出家一次，通常是3个月，这样做是为了报答父母的养育之恩，为父母祈福积德，父母去世后就可以去天堂而不是地狱。

寺庙是神圣之地，参观时须衣着得体，不能穿背心、短裤、短裙，甚至衬衣没塞进裤子、袖管翻卷在胳膊上、破洞牛仔裤都是被禁止入内的。进入佛殿前要脱鞋，不要脚踏门槛，要拍照请先观察一下有无“禁止拍照”的提示。

清曼寺化缘归来的僧侣

在曼谷唐人街的金佛寺，在清迈瓦洛洛市场和清迈门，我几次看见清晨布施的情景。信众将做好的饭菜、买来的牛奶水果、生活用品准备好，在家门口守候僧侣到来或直接送到寺庙里，为化缘的僧侣布施。僧侣赤着脚端着钵来到跪在地上的信众面前，信众主动将食物放在钵里，僧侣为跪在地上双手合十的信众念一段经文施以福报。整个过程最多一两分钟，信众虔诚，僧侣平和，我想这之间施与受的关系是相互的，信众施舍的是财物，僧侣给予的是福报。有句话说得好，施比受更幸福，乐善好施的民众和潜心向佛的僧侣共同组成了一个有信仰的民族，向我们展示小乘佛教特有的宁静与幸福。

清晨布施是小乘佛教国家保持了千百年的佛教传统，因为寺庙中不能开火，僧侣们的食物需要每天清晨化缘得来。在清迈的清曼寺，我看见化缘归来的僧侣受到寺庙中小狗们的列队欢迎，他将食物分给小狗一些。在曼谷的华南蓬火车站旁边的学校门口，我看见一位老和尚慈爱地抚摸男孩儿头顶，并送他一盒牛奶。

二、王室成员画像多

泰国是君主立宪制国家，国王及王室成员深受国民爱戴。在泰国，大型的王室成员画像比比皆是，主干道中央的花圃里每隔几十米就竖立着一幅巨型画像，景点门口、车站墙壁、建筑物外墙到处张挂着画像，有去世两年多的前任国王拉玛九世普密蓬、现任国王拉玛十世哇集拉隆功，还有现任国王的母亲诗丽吉王后和妹妹诗琳通公主。清迈鲜花节的晚会上，颁发花车巡游奖项前，颁奖的军方人士和领奖的机构代表向舞台中央的巨型诗琳通公主像行礼致敬。

和别的君主立宪制国家不一样，泰国国王不仅仅是国家象征，而是具有实际权力的，有任命权，是军队统帅。在泰国民众心目中，王室成员有着至高无上的地位。身为游客应当入乡随俗，不要随便议论王室成员，泰国法律有对王室不敬罪的处罚条例。

曼谷苏泰寺门前的巨幅国王像

在泰国，红白蓝三色国旗随处可见，红色象征国民，白色象征宗教，蓝色象征王室。每天8点、18点定时奏响国歌。我两次遇见奏国歌，第一次是我在大皇宫附近的城市公园休息，正低头看手机，忽然觉得音乐变了，刚刚还在跳健美操的人都肃立致敬，离我最近的一位大姐盯着我，目光中似乎带着谴责，哦，我忽然想起看过的一篇攻略提到在大城火车站18点奏国歌的经历，赶紧站起来，和大家保持同一方向站好。第二次是在清迈到曼谷的火车上，当时火车正停靠在一个小车站上，国歌声响起，我和周围的泰国人迅速起身面向车站悬挂的国旗站立，坐下后，对面的欧洲男子问我："Can you speak English?"他一定是好奇地想问问我怎么回事儿，可惜我的英语很一般。否则，行走天下不但可以畅通无阻，还可以领略更加丰富多彩的异域文化。

三、集市多

去泰国逛集市是很多外国游客热衷的旅行体验。曼谷有丹嫩沙多、安帕瓦、大林江等独具风情的水上市场，有让你体验与火车擦肩而过的惊险刺激的美功铁道市场，还有可以拍出网红照片的拉差达火车夜市、最佳夜景观赏地摩天轮夜市、各国背包客最喜爱的考山路夜市、创意十足的飞机夜市，以及东南亚最大的恰图恰周末市集，有15个足球场那么大，逛一天也逛不完。清迈则有三大著名夜市，每天开业的长康路夜市、周六夜市和周日夜市，另外还有清迈大学门口的马林夜市、唐人街的瓦洛洛市场等。

席娜卡琳火车铁道夜市和拉差达火车夜市是同一个老板经营的，堪称世界上管理最严格的夜市。泰国物价部门实时监控着所有商家的商品质量和价格，每天抽查；小吃商贩要保证食物的新鲜，当天剩下的食物必须处理掉，禁止次日再次销售；夜市管理员每天都会咨询游客的消费满意度，一旦发现欺诈或宰客行为会加以重罚，情节严重的还会判5年以上刑罚并终身禁止经商，最严重的甚至会剥夺国籍并驱逐出境。

走走停停，吃吃喝喝，是我逛集市的节奏。泰国的物价实在太便宜了，尤其是清迈，这里有 60 泰铢一千克的山竹和莲雾、50 泰铢一袋的小菠萝、35 泰铢一千克的红毛丹、25 泰铢一个的大椰子、20 泰铢一大把的香蕉……榴莲贵一点，我买了一盒，两块果肉 170 泰铢。街边小吃，10 元 20 元就可以吃饱。还有种类繁多的果汁、冰糕。

清迈瓦洛洛市场的背景音乐是邓丽君的歌，以此纪念这位热爱清迈的歌手

四、微笑多

我接触最多的泰国人是旅游服务从业人员，他们的笑容像阳光，暖心。

曼谷考山路卖椰子冰淇淋的小伙子

我感觉每一个商贩都爱笑。在考山路买椰子冰淇淋，看我拍照片，摊主让孙子捧着冰淇淋配合我，她笑盈盈地在一旁看。在大城吃椰子，看我用塑料小勺挖椰肉很费劲儿，摊主哈哈大笑，干脆要走我的椰子，唰唰唰几下子用他的不锈钢勺把肉都挖出来再还给我。经常和中国游客打交道，很多泰国人都会几句简单的中文。

我遇到的每一个工作人员服务意识都很强。买了五次火车票，售票员看我是外国人，有三次帮我把车票上的重点信息划出来，边划边强调，哪怕我后面排着队也耐心细致，不急不躁。排队的乘客静静等候，从来没有催的。看我在寻找站台，工作人员要过我的车票，和他手中的列车时刻表仔细核对，确认我找到的站台是正确的。

泰国是个贫富分化比较严重的国家，但我看见的泰国人却是脸上时刻挂着微笑、一副心满意足的表情。2018 年，彭博新闻社（Bloomberg News）公布了 2018 年的“痛苦指数”排行榜，泰国连续四年居于末位成为全球最幸福的国家之一。

泰国政府长久以来出台各种措施努力提升泰国人的生活品质，很多民生项目免费向国民提供：15 年基础教育完全免费，包括校服、课本、早餐午餐和每天半斤牛奶；家庭经济条件困难的学生（父母年收入低于 10 万泰铢）上大学，可以申请教育贷款，毕业工作后再返回给国家；泰国教育与国际接轨，国际化程度高，又特别重视爱国主义和民族精神的培养，教育质量处于世界领先水平；政府为成年人免费提供职业培训，比如泰式按摩、厨师、修车、理发、英语、中文等；全民医保，看病承担 30 泰铢，其余政府买单；有免费公交车可以坐；很多景点对泰国人免费，仅对外国游客收门票；失业率低至 1.2%（2018 年 5 月数据），物价稳定，房价不高。

我到达泰国的第一天，路遇一次小型交通事故。一个骑摩托车的人受了轻伤倒在地上，救护人员先用绷带包扎伤处，轻轻移到担架上，再用绑带把他固定在担架上，额头、胸部、腰部、大腿、小腿、脚腕都固定住，动作轻柔，表情松弛，还有不间断的语言交流，受伤者甚至还举起手机自拍了一张。

五、游客多

泰国以其迷人的热带风情、独特的佛教文化、丰富的旅游项目、热情的旅游服务、性价比超高的旅游体验吸引着世界各地的游客蜂拥而至，走在泰国街头，我感觉外国游客比当地人还多，其中中国游客占了一半还多。在曼谷大皇宫、大城玛哈泰寺、清迈塔佩门、清莱白庙蓝庙黑庙，我时常有仍在国内的感觉，举目所见都是中国面孔，盈耳所闻都是熟悉语言，可以遇见很多中文导游。

在曼谷大皇宫，遇见一位第三代泰籍华裔中年导游，他说："我们中国比他们好多了，我们中国从来不侵犯别国的主权，也从来不干涉别国的内政，只是做生意而已，所以说一带一路获得了很多国家的赞同与支持，不久的将来，我们将超越他们……"说到这里，他略一停顿喝了口水，正好给坐在台阶上休息的游客们留出喝彩鼓掌的时间。

曼谷大皇宫的中文导游

在大城玛哈泰寺，我跟随一位泰籍华裔老年导游听讲解，他说："其实，早先的大城寺院也都是金碧辉煌的，一场战争变成了一片焦土，只剩下断墙残垣。泰国富有，缅甸贫穷，因此缅甸来泰国抢金银财宝。按理，泰国缅甸不世之仇，泰国人应该仇恨缅甸人了？可是不！泰国人受到的教育是理解，他们认为来打仗的缅甸人只是奉命而已。”这种不播种仇恨的教育，让我深受触动。

作者简介：

边力，女，1970 年出生，青岛外事服务职业学校教务处教师。2019 年 1 月，独自赴泰国旅游。

大洋彼岸，踏青看海

青岛外事服务职业学校国际贸易教研组　孟　静

2019 年寒假，和家人一起自驾游玩了美国西海岸。

从北部海滨城市旧金山，沿号称“北美最美海岸线的 1 号公路”一路向南，到达南部城市洛杉矶，是我们在美国自驾游行程的最后一段。600 千米的路程，3 天的充裕时间，我们从从容容，充分享受自驾游的轻松自在，欣赏了美国西海岸春日里的秀丽风光，游览了海岸线上的几处各具特色的风情小镇，拍下了许多留作纪念的照片。

一路向南，山海旖旎，风光无限。最让我感到兴奋的是美国西海岸之行恰逢那里的初春，一路春光伴我行，芳草如茵，春花争艳，让我比在国内提前感受到了 2019 年的春天。

面朝大海，春暖花开。打开车窗，让温润的海风迎面吹来，心情好不自在；迈出车外，让春日的暖阳洒落在身，举目四望让视野放得更开，让手中的镜头捕捉更多的精彩，此时此刻，愉悦、感慨、兴奋的心情就如同眼前的这片一浪高过一浪、春潮涌动着的海。

斯坦福大学精美的建筑长廊，通往神秘而幽深的科学殿堂

天蓝蓝，海蓝蓝，一道道山，一道道湾，山山湾湾构成了一条壮美秀丽的海岸线。

从旧金山走一号公路稍绕一点路就可以到世界名校斯坦福大学看看。学校占地面积非常大，也没有国内大学通常会有的壮观校门，开车在里面转了转，可能是因为正值假期，见不到几个人，整个校园格外幽静。一些老建筑庄重而精美，建筑体量也非常大，恢宏大气。

斯坦福大学举世闻名，它是众多硅谷公司的摇篮，著名的 Google、SUN、Apple、HP、SGI、YAHOO 等公司都起源于此，或者和斯坦福大学有着千丝万缕的联系，很多公司的创始人毕业于这所名校。

旅游就是这样，不仅仅是让我们的眼睛欣赏到了自然之美、环境之美，建筑之美，更是让我们在这一次次的见识过程中了解历史，了解这些景点、这些历史人文建筑过去发生的故事。

大苏尔的这一段，一边是悬崖峭壁的山，一边是波涛汹涌的海，海礁最险峻，海水出奇的蓝。这儿是西海岸1号公路上最美的景观，它的宁静、自然、清新、超凡脱俗、与世隔绝，被人们认为是这个世界上真正的世外桃源。是一号公路最美且不可错过的一段，是世界上最令人为之惊叹的海岸。

三重门

大苏尔

17哩海的这一段，被人们称为永不停歇的海。海浪一个紧接着一个，浪头不断地敲打着岸边礁石，爆炸般的水花飞溅冲天，甚是壮观。那节奏分明、洪亮如雷鸣的涛声，更是让人为之赞叹。

恰逢美国小长假，周六，周日，总统日(每年二月的第三个星期一，美国法定假日)，西海岸一号公路自驾游的车子排起了长蛇阵。

看来美国人也喜欢在这春光明媚的日子来看看北美最美的海岸线。

被称之为“艺术小镇”的卡梅尔是美国蒙特利半岛一个精致的海滨文艺小镇，是一座人文荟萃、艺术家聚集、充满波西米亚风味的小城镇。卡梅尔的早期居民90%是专业艺术家，据说中国大画家张大千先生也曾在此居住过。

圣芭芭拉是美国西海岸最具西班牙风情的城市，圣芭芭拉海滩被誉为美国的地中海，这片平缓细软的海滩蔓延长达30千米，很受圣芭芭拉居民和来此旅游的游客们喜欢。完全不同于一号公路北面悬崖绝壁、惊涛拍岸的场面，这里的海滩平坦广阔，浪花温柔得像是在这片细腻平缓的沙滩细语呢喃。

路上闲逛遇上一位热心肠的圣芭芭拉老人，看到我们几个亚洲面孔，主动停下来和我们攀谈，并热情地拿出地图，指引我们来到下面的这座老建筑——县法院，也是小城的制高点。其实在美国最大的感受就是遇到的每个人都特别的热情，擦肩而过的时候都会友好地微笑甚至热情洋溢地打招呼，一开始让含蓄内敛的我们有点不知所措，时间久了也被他们的热情感染主动向他们问好。

有些出乎意料的是天气，几乎是处于同纬度，我们青岛这边的寒意还很重，可旧金山到洛杉矶的沿海一线却早已是春意盎然。一丛丛岸边荒野上、居家小院里四处盛开着的各色小花、一片片随地形起伏的嫩绿绿的山坡草坪给海岸线和海岸线上坐落着的几个各具特色的小镇增添了光鲜亮丽的色彩，驾车行驶在这样一条随地形起起伏伏、伴山势弯弯转转的小路上，置身于四周处处不断变换着的、时时刻刻都会给人带来别样惊喜的环境中，真的是让人心旷神怡，惬意满满，也真的是让我感到不虚此行，值得 14 个小时飞越太平洋到海的那边去看看。

作者简介：

孟静，女，1986 年出生，青岛外事服务职业学校国际贸易教研组教师。2019 年 2 月，与家人赴美国旅游。

视野有多宽，就能走多远

各美其美，美人之美，美美与共，天下大同。

——费孝通

秋日思绪

青岛外事服务职业学校2016级旅游服务与管理班 谭雯文

"树树皆秋景，山山唯落晖。"秋风阵阵，水中涟漪荡漾，勾起了我对今年秋天的那段美好回忆。金秋十月，丹桂飘香，片片花瓣随着轻风，伴着思绪，飞向世界的角落……

对于我来说，今年是不平凡的一年，因为在这看似平凡的人生中，一些转变悄然无声地走进了我的生命，在不知不觉中让生命变得更加丰盈。这些转变都得益于今年10月学校组织的一场赴德国的访学活动。这次经历是我人生的重大转折点，也使我终生难忘。

承载着我们的期待，经过了10多个小时的长途飞行，来到了心中向往的远方——德国，这次我们的目的地是德国的韦斯特堡。

宁静唯美的小镇，居住着热情的人们，一栋栋别具一格的德式别墅，错落有致，绿水青山，青烟环绕，朝霞溢彩，静美神秘，恍若仙境，带我们领略只属于德国的独特魅力。

踩在德国的土地上，轻嗅着隐隐散发着的泥土的气息，欣赏着透过镜头依旧大方明丽的小野花……这一切都让我这个初见德国的姑娘莫名兴奋。

与德国学生进行项目交流

到达德国的第二天，我们顺利地召开了研讨会，这也是我们这次访学活动的主要任务。

我们向德国学生介绍了学校跨境电商网站上的产品，他们也表达了自己的喜好。接下来连续几次的项目制作与研讨，中德两方的学生都很积极，我们之间的交流也越来越深入，我们也借此了解到德国学生更多的需求，圆满结束了本次活动的研讨任务。访学期间，我们走进德国课堂，了解学校的各种专业设置，学习做西点，进行了愉快的游戏和妙趣横生的探险比赛……通过亲身体验，也更深刻地感受到了西方的教育模式与思维方式。

经过这段时间的交流学习，双方建立了深厚的友谊，同时也为中德两所学校今后进一步的合作奠定了更加牢固的基础。这一切，让我瞬间想到了习近平总书记“一带一路”的主导思想和精神：“和平合作，开放包容，互学互鉴，互利共赢。”感同身受，触动良多。

爱默生曾经说过：“高层次的友谊，便是在差异当中寻求一种深刻的认同。”我们的国度不同，自然也免不了差异，这些差异，也许是礼仪，也许是环境，就如同我对德国的初见印象……

刚来到这个小镇，如此安静的环境，让我们也不由自主地将声音放低，相比在国内，城市生活节奏快，人多车多，从青岛这样的大城市来到这溢满乡村意境的小镇，感觉悠然自得，使人不觉放慢脚步，不禁想要徜徉在这宁静的生活里。

众所周知，德国人的主要特点就是严谨，做事情有计划、有节制，而当你走进德国的家庭，你会发现，干净的地面，整洁的被褥，规矩的桌椅，温馨的色调……德国还非常注重培养学生的务实精神和动手能力，这也使得长时间以来就被称为“工匠”的德国赢得了世界的尊重。

我们注意到德国人有许多良好的习惯，比如说随手关门、关灯，离开座位时习惯性地将凳子放回原位等，以前我行我素的我回国后竟无意间发现这些细节都成了自己的习惯，并延续到现在。

中德师生参观科隆大教堂

走进德国学校，穿过一尘不染的走廊，发现他们的教室是没有门的，可以清楚地看到他们上课时专注的眼神，可以清晰地听到他们讨论的声音。戴尔校长向我们介绍说，在教室上课，老师只管讲课，根本不用强调纪律，自觉的学生们唯一说话的时候只有讨论和交流实践，这让我大吃一惊，也发自内心地钦佩德国学生的自觉与严谨，更让我下定决心向他们学习，改掉自己身上不好的习惯，做一个优秀的中国学生。

尽管两国有着莫大差异，但我们通过交流与互动，一样可以拥有一份难得的跨国友谊，并达成共识。就像爱默生所说的，在差异之间，寻求了一种深刻的认同。

通过这次访学，我开阔了眼界，增长了见识，发现自己变得更大方，更能接受新鲜事物了，英语口语能力也有了大大的提高，更见证了研学回国后自己身心的改变与升华。

阵阵秋风吹过，吹不散我浓浓的思绪，阳光洒满窗格，温暖着这个世界。为什么四季独爱秋天，因为那满园的落叶，因为这金灿灿的时光，因为在这凉爽惬意的季节，我们在德国感受到了枫叶般的似火年华。

作者简介：

谭雯文，女，1999年出生，青岛外事服务职业学校2016级旅游服务与管理班学生。2017年10月16～28日，参加学校组织的赴德国韦斯特堡职业学校的首批研学团活动。

发现一片新天地

青岛外事服务职业学校2016级“3+4”进出口报关本科班　宋子瑛

不同的文化，不一样的教育，
一样的鼓励，不一样的表达，
在相互冲撞的过程，你会发现一片新天地，
比课堂更丰富，比旅行更深刻。

——题记

为什么四季独爱秋天。因为飘在蓝天中的云朵，因为凉爽的气温，因为在这个舒适得令人欢喜的季节，我获得了一丝丝惬意。有人说秋天是伤悲的，树叶凋零挽留不了如同离去的人，只能默数他的脚步声，一点一点地离去。可是，这个凉爽的秋，让我们在德国感受到了枫叶般的似火年华。

在德国度过的两周时间，中德两国的文化差异让我思绪万千，像是不知源头的水，却流得又宽又远，直淌在我心上。心跳得有多剧烈，感受得就有多真切……

情绪如行李，安然待整理。当我把最后一件行李放入行李箱，扣上密码锁，我眼前又浮现出第一天来到Lena家那天的场景。当12个德国女孩一拥而入，我一眼就认出人群中自带亮光的她，Lena。她还是那样甜甜的笑，温暖又不失礼貌。和她父母一起坐在车内，看着车外美景向后飞掠，心中还有些暗淡：会不会过得不如意？会不会因此想念父母？

可回过头看看，真是杞人忧天。每天清晨的面条，临走时的一瓶热水……无数点点滴滴，不断拉近自己和他们的距离。从前特别害怕和别人四目相对，可在Lena父母每次不经意的微笑的眼神中，我渐渐不再胆怯。也数不清是第几次一家人一起坐在车上，听着他们说着不同的语言，开怀大笑，自己不自觉发出会心的微笑，此情此景简直不能更美好！

在家里，无论是Lena还是她父母，都会给予我细致但不过度的关怀，他们更像是点醒了我，在做事之前不再凭借一腔热血，而是先预想到可能发生的结果和应对的方法。

和德国家庭合照

丰盛的早餐

后来我因为外出购物，放进行李箱需要多个袋子，所以我就问德国妈妈是否能给我个布袋子。她欣然接受，然后令我惊奇的是她没有立即拿给我，当看到我杵在那儿，她说，你可以去做你的事情，我会给你准备好的。当我快忘记这件事的时候，某一次回屋看到门口挂着大中小几个不同的布袋子。这又一次让我感受到中德文化差异。当时我的小伙伴要回国的时候，我妈妈帮她打包，她说需要袋子，妈妈就拿出许多不一样的袋子让她选择，过程中有些慌乱。而现在我在我的房间里，有充分的时间来判断和思考我是否需要这个袋子，并把剩下的还给他们。德方的严谨从一个袋子就可以体现出来，他们在心里预想你可能需要的尺寸和袋子的用途，为你悄悄准备好。而中方则是以礼待客的思想，希望不怠慢客人，所以当别人提出要求会积极主动地做这件事。两种不同的思维方式令我有不同的感受。

感受到家人对我的呵护，我由衷地感到温暖。知道自己不能做什么大的事情来报答，只能从小事做起：洗完手后擦干净洗手台，每天向他们道早晚安，对他们表示感谢……最后一天晚上为家人们做了一顿中餐。即使是对中国家庭来说普普通通的一餐，但对我，以及 Lena 一家，我想都有着特殊意义吧！

同学之间，我感受到无比的团结。老师们告诉过我们，出了中国我们代表的不仅是外事学校，更是整个中国，乃至亚洲，一言一行都意义深重。大家没有辜负老师的教诲，在学校里，每个人都努力做到最好，学会微笑，学会向每一个遇见的陌生人打招呼，学会感恩……虽然会有摩擦，可并没有影响到我们的感情，反而拉近了彼此的距离。

每写下一个字，脑海中就会浮现无数场景，每一句感恩，都是真心实意。去德国前，一位老师曾告诉我：这个年纪，你走出国门，一定会遇到能改变你人生轨迹的事,它会使你受益终身。我想,我明白了。

作者简介:

宋子瑛,女,2000 年出生,青岛外事服务职业学校 2016 级“3+4”进出口报关本科班学生。2017 年 10 月 16～28 日,参加学校组织的赴德国韦斯特堡职业学校的首批研学团活动。

最美樱花季的日本游学之旅

青岛外事服务职业学校 2016 级商务日语班　黄　灿

从 2017 年底就开始期待的游学之旅，终于在 2018 年初春拉开了帷幕。将忐忑与兴奋塞进行李箱中，我开始了一次精彩纷呈的旅行。

一早大包小包匆匆奔向机场，集合过后经过漫长的海关等待，终于坐上了飞机。2 个半小时后到达关西大阪机场。

过日本海关的时间和程序比预想中的要多了很多，耽误了不少时间，于是当我们跟负责人曲老师会面的时候，几乎是奔跑着连续转了新干线特急列车。

但老师跟我们说，这种近乎跑的速度就是日本人平常的走路速度。我看了看周围行色匆匆的人，也发现的确如此。在搬上搬下行李的路程中，老师还告诉不习惯乘电梯靠一边的我们，在大阪乘电梯是要自觉站在左边的，将右边通道留给有紧急事情的人。

晚上，当我们乘坐上仓敷高中派来迎接的校车时，已经是东京时间 8 点多了。

因为时间耽搁太多，原本订的欢迎宴会的饭店已经关门了，于是我们先行去了安排的酒店放置行李。稍做整顿后，来迎接我们的本原理事长带我们去了酒店附近的一家“王将”饺子店吃了顿简单却温馨的晚饭。

在日本的第一餐

日本通常是不提供热水的，只有冰水，这令我们非常不习惯。日本的饺子没有“水饺”的概念，通常都是煎的饺子，不过也非常好吃，沾一点醋，完全不油。华灯初上，窗外不时有散步的三两行人，室内偏暖的灯光，其乐融融，让我有种误入了“深夜食堂”片场的感觉。

出乎我的意料，第二天早上醒得格外早。于是便和同住的室友一起在酒店附近走了走。

早晨的仓敷还是泛着凉意，不过我们惊喜地发现樱花开了些许，便赶紧拿着手机记录下这一刻的美好。

回到房间，正巧房间内的电话响了，一接起来发现是酒店前台的“清晨问候”。大意是“早上好，新的一天又开始了，希望你拥有一个美好的心情！”第一次体验到这种服务的我不禁感觉新奇，心情也前所未有的好。

早饭是酒店一楼的自助餐。虽然我们去的时候大厅里已经有一些人了，不过一点都没有嘈杂的感觉。我们轻手轻脚取完餐，去到位置上闲适地吃完，再跟随着他人将吃完的餐盘送到专门的“返却台”(自己用过的碗筷和不同的碟子需要分类放置)后，我们收拾收拾随身的背包，到外面的时候，本院理事长已经在外面等候了。于是我满怀着期待开始了第一天的行程。

第一站是去往仓敷高等学校参观。

我们换了室内拖鞋以后，由校领导带领我们去了会议室，开了一个小型的欢迎仪式。令我们有些无措的是大部分的校领导竟然都到场了。于是我们紧张地挨个儿进行了一个小小的自我介绍，带队的郑燕老师进行了简短的发言，赠送了具有青岛特色的小摆件。

然后，我们参观学校，因为在日本正是春假的时候，所以学生还是比较少的。

在闲聊的过程中，其中一位校领导告诉我们下午1点半左右，会有学校的管弦乐队为我们表演，还会有一小段时间给我们双方的学生交流，这令我们顿时紧张了起来。

参观完学校，午餐后，我们去了音乐教室观看了管弦乐队精心准备的演奏表演。管弦乐队一共表演了三首曲子，其中不止一个学生能够熟练演奏两种及以上的乐器，这令我很惊讶。在指挥老师的盛情邀请下，我们也表演了一个小小的节目《大鱼》。并与乐队的学生交换了礼物，就自己感兴趣的事情交流了半个小时。

仓敷高等学校

管弦乐队的表演

离开学校，我们去了冈山的美观地区。游客很多，到处都能见到带着相机，金发碧眼的外国人。

这边的墙壁下面都是黑的，上方却是白的，我好奇用手碰了一下，有一种焦枯的触感。老师见我这个样子，便跟我解释说，这个墙壁是故意烧成这样的，一是烧了以后它会更加的坚固，二是这样还可以抵御虫蛀。

我赞叹着古人的智慧，这时一个黑壮的小伙子拖着一辆包车从我身边晃悠悠路过。虽然来时的路上看见了好多这样的景象，我还是忍不住多看了几眼。带队老师说，其实这样的人大部分都是名牌大学毕业的高才生。他们在找工作前为了锻炼自己的能力，也为了增强自己的体格，就在景点做一些体力活。他们不觉得这样有什么好羞耻的，反而落落大方，这让我感到非常敬佩。

解散的时候，我自己在四处逛了逛。在过马路时，还见到了一些车辆、行人给路过的鸽子让路的景象，真的是非常有趣。

接下来的几天，我们先后去了后乐园、姬路城、濑户大桥，这三大非常著名的景点。

其中姬路城给我的印象最深，因为实在是太漂亮了。白色的城墙，那时候正巧盛开的樱花，真的就如同一只飘然的白鹭。

再次经历了三次转交通工具，我们离开了仓敷这个慢节奏的城镇，当晚平安到达青岛。

樱花季节的姬路城，飘然如白鹭

总　结

我们去的那几天正好经历了樱花从初开到盛放的过程，漫山遍野的樱花看得人心情愉悦。

那里的空气很清新，人也很友好，生活充满了自律和自觉性，连呼吸间都是满满的幸福的味道，让我在回来好几天后还依旧想念着那几天的生活，并深刻地发觉，只有多出去走走，到处看看，才能丰富自己的见识，扩充自己的视野。

作者简介：

黄灿，女，2001 年出生，青岛外事服务职业学校 2016 级商务日语班学生。2018 年 3 月 26～31 日，参加学校组织的赴日本仓敷高中的游学活动。

泰国见闻录

青岛外事服务职业学校2016级三二连读国际贸易实务专科1班　姜婧雯

结束了五天的泰国之旅，现在想想还是意犹未尽。在这五天里我看到了很多，学到了很多，也有很多的感受。就说几个让我感受颇深的事情吧。

首先就是天气了，去之前查的天气预报明明是五天都下雨，当时觉得可能会稍微凉快一点儿，结果一去，大红太阳当空照，那叫一个暖和。青岛的气温比较低，所以穿得比较厚，到那之后，因为机场有冷气，还试不出来，等到一出机场大门，一股股热浪迎面袭来，跟别人一比，我们简直不是一个季节的人。回到房间已经是凌晨4点了，第一件事就是打开空调，看几眼手机，然后就洗洗睡了。

参观的第一站——泰国博仁大学。一进校园就看见很多学生，我比较关注他们的校服，男生是白衬衫、黑长裤，女生是白衬衫、黑短裙。后来老师告诉我们裙子的长度有好几种，可以任意选择。但我一看男生的长裤子就在想他们不热吗？反正我看着都热。看到学校里的景色还是不错的，绿化挺多的，还有一些喷泉，小亭子。而且学校里还有一个"博仁大学"的中文牌子，主要是想让更多的中国留学生来到这里实习，也看出他们对于这件事情的重视。

我们去图书馆转了一圈，一楼就是学生看书学习的地方，而二楼是栀子花开的拍摄场地。食堂是一大亮点，它分泰式食堂和中式食堂两种。泰式食堂里面很大，吃的东西很多，有饭、粉、冰激凌、饮料等，不会说只能用手指，虽然有点费劲，但是饭的味道还是不错的，而且价格不贵。泰国菜的调料比较多，偏酸辣口味。我自己不太喜欢这类味道，所以去得最多的还是中式食堂。

在参观校园时，我们看到了博仁大学创始人的雕像。老师跟我们讲，在泰国，博士学位是由皇室授予的，而其他学位是由教育局颁发的。看得出来泰国对于人才的培养很重视。

来到学校就一定要上课。我们上的是泰语课和礼仪课。一开始觉得上课是一件很枯燥的事情，可是给我们上课的老师很幽默，虽然她的中文听起来怪怪的，但这丝毫不影响她上课，我们照样听得津津有味。她也会带我们做一些小游戏，来帮助我们学习泰语。还记得第一次上课的时候，她突然要让我们跟学校里

泰国博仁大学门前合影

在学校操场上

的学生做个小调查，分成两组，给我们出了题，就出发了。另一组马上就进入到状态，找到了几个学生就开始问，而我们犹犹豫豫的，老师帮我们找到了一些学生，我们不好意思问，但也只能硬着头皮上，说着蹩脚的泰语，大部分时间都在笑，夹杂着中、英、泰三文，终于熬到时间结束了，瞬间松了一口气。不过也挺有意思的。后来我才了解到，在这上课是用中文授课，所以根本不用担心语言不通的问题。

在最后一天上午，我们学会如何制作花环。花很香，闻久了的话还是有一点受不了的。用来串花的针比较锋利，被扎一下还挺疼的，而且做这个你必须要有耐心，不能心浮气躁，那样的话就无法体会到其中的乐趣了。

去一个新地方必须要做的一件事就是购物。我们来到了离学校最近的一家商场。老师给我们限时两小时自由活动。我是从上往下逛，最上面是关于运动方面的东西，挑了几件东西就走了。然后下楼就是服装区，我转了好几圈也没看见心仪的衣服，最后买了一件中性的衣服，过程真的是很无奈啊，说不明白，只能靠比画，如果比画还不明白的就只能眼对眼看着对方，销售员两眼茫然，我两眼无奈，那时候真希望眼睛里可以有交流器。基本上还是用英语在交流，我要是听不懂就微笑，毕竟微笑也是一种语言嘛，买件衣服真不容易。选好之后，试了试不合适，跟我说了一声就马上去仓库拿新的。选定之后，我本来还在想去哪付账，结果还没等我反应过来，销售员拿着我给她的钱和发票就跑去帮我付账，这在中国我是没有遇到过，回来后把钱和衣服给我。我觉得泰国的服务行业真的很细致。

之后我们去大皇宫游玩了一圈，感受到了浓浓的佛教氛围。

泰国人大多数信奉佛教，在街上走就会发现很多佛像或者是跟佛有关的东西。这里的生活节奏慢，一开始不太适合急性子的人生活，但是你在这里待上一段时间你就会发现自身在发生一些变化，心态会变得平和下来，不会为了一点小事就着急上火，性情变得平和了许多。

经过了五天，泰国给我的印象就是热了点儿，其他我觉得还不错。我觉得这里的人很和善，很热情，是个“微笑之国”。在你过马路的时候，他们会主动礼让，让你先过，而且在马路上，就算遇到了堵车，司机也不会狂按喇叭，发出“哔哔哔”的声音，大家都很耐心地等着，所以到了晚上就会很安静。

作者简介：

姜婧雯，女，2001 年出生，青岛外事服务职业学校 2016 级三二连读国际贸易实务专科 1 班学生。2017 年 11 月 12～17 日，参加学校组织的赴泰国博仁大学第一批研学团活动。

外面的世界很精彩

青岛外事服务职业学校2017级航空服务班 冯晓曼

去泰国之前，泰国给我的印象并不是很好。踏上这块土地后，我发现泰国环境优美，泰国人热情友好，有的人甚至会几句简单的中文，有次逛夜市，有商家喊住我，向我致礼，我也很快意识过来回了礼，这次游学之旅让我对泰国的印象大为改观。

飞机到达曼谷已是凌晨3点，到达酒店快4点了，我和舍友就索性没有睡觉，开始为参观格乐大学做准备。

我们怀着激动的心情到达了格乐大学，先去会议室，格乐大学的教育副董事和教授向我们介绍格乐大学的部分专业及特色，也交流了一下他们眼中的外事学校，聊到我们外事和他们有许多对口的专业，比如电子商务、航空商务管理、物流管理等，对于我们外事最后一批航空班的学生来说，诱惑还是非常大的。

参观格乐大学

我们又了解到格乐大学的历史，由教育家格乐·曼格拉布克(Dr. Krirk Mangalabruks)博士创立于1952年，是泰国建校最早、历史最悠久的私立大学。我们参观的只是格乐大学的一个校区而已。

然后我们又体验了格乐大学的泰语课程和泰国传统舞蹈的特色课程，学习演奏泰国传统的鼓，非常有趣，老师和同学们之间的相处就像是朋友一样，很自然，不约束，比较自由，课程也很有趣，老师是泰国人，会英语，也会一点点中文，好像还是从学生那里学来的。

最后我们还获得了一个证明我在格乐大学修读课程的证书。

颁发课程证书

第二天，我们去了泰国著名的芭提雅，坐游艇一路颠簸地到了蓝岛，那里的海真的很美，海是渐变色的，光看着就是一种享受。然后当然就是下去游泳了，当我们克服万千困难下水后，那瞬间超级幸福！我还和朋友比赛憋气！从海里出来两人合伙吃了一份海鲜炒饭，又去海里玩了一会儿，时间快到了就去冲澡，上游艇回芭提雅参观景点，看到了超级高的佛，镀金的，很宏伟。

第三天，我们先去旅游必打卡的景点——水上市场，先是坐船环游了一圈，在船上就发现了很多好吃的地方，下了船老师一说解散自由活动，我们俩马上先去吃了椰子冰激凌，里面还夹含着椰肉，很好吃也很解暑。又买了橙汁和草莓汁边逛边喝，饿了就在一家人气比较旺的餐厅吃饭，我们点了一份海鲜炒饭，隔壁桌的老师还给我们俩一人一只泰国独有的虎虾吃，品尝了泰国特色饭菜后，我们去了老师向我们推荐的 100 铢商店，扫荡了一番后，赶忙回到车上，前去大城府参观。当我们进入大城府后，顿时感受到了浓厚的历史气息，这里曾是泰王朝国都，繁荣辉煌几百年，后来被缅甸攻陷烧毁，只剩下了断壁残垣，一块块砖头都记载了历史的变迁。

晚上 6 点我们从酒店出发去夜市，那里的夜市很大，买的商品品种繁多，化妆品、小吃、衣服、电子产品……我们就是吃吃吃，吃完就准备回酒店了。当然不能少了我们的“迪车”，司机爱听音乐，车上还配有彩灯，氛围很好地到达酒店，结束了一天的旅程。

第四天，一大早我们就出发了，打算参观一下远近闻名的泰国大皇宫，但是坐了船顶着太阳到门口了，告诉我们：今天不能进去参观大皇宫，因为前一天是泰国的父亲节，所以这几天大皇宫不开放。我们围着大皇宫转了将近一圈，去了邻近的卧佛寺，了解到卧佛其实不是佛睡着了，而是圆寂了。

随后我们前往泰国的王权免税店，买了一些泰国比较有名、免税店必买的东西，又买了一点零食，就结束了。回酒店收拾行李，准备明天出发。

第五天，因为中午就要从酒店出发，所以出门前大家把东西都收拾好。步行至附近的博仁大学，老师领着我们参观了食堂、电竞室、图书馆……

短短五天的泰国游学之旅，充实而快乐，让我看到了外面的世界很精彩。如果要我选择，高中毕业后我可能会去格乐大学，既提高学历也能增长见识，使我的眼界变得开阔，不再局限于一隅之地。

作者简介：

冯晓曼，女，2002 年出生，青岛外事服务职业学校 2017 级航空服务班学生。2018 年 12 月 2～7 日，参加学校组织的赴泰国博仁大学、格乐大学第二批研学团活动。

波罗的海跳动的心脏

青岛外事服务职业学校2017级“3+4”进出口报关本科班　马宇翔

2014年，为了参加“第八届世界合唱比赛”，我经过30多个小时飞机辗转，来到一个童话般的国家——拉脱维亚。

拉脱维亚是一个位于东北欧的国家，它处于欧洲西部和东部、俄罗斯和斯堪的纳维亚半岛的交叉点上，它的首都里加是波罗的海地区最大的枢纽城市及避暑疗养胜地，是一座有着800年历史的安静幽雅的城市，它是波罗的海跳动的心脏，是北方的巴黎。

在里加，我被这充满浓浓艺术气息的小城市所感染，这里的环境优美，有点像我们青岛的八大关。朵朵白云点缀着蔚蓝的天空，与蓝天相呼应的道加瓦河上，几艘小船在透亮的河水上荡漾，微风吹过水面，荡起粼粼的细波，清新的空气拂到脸上，让我们的心情豁然开朗——我已经在不知不觉中爱上了这个城市。

我们第一个演出活动是广场音乐会，来到广场上我们看到了当地的一支合唱团在演唱。他们的表情是那样的随和、自然，又是那样的丰富多彩。身体随着音乐的旋律恣意晃动，相比于我们整齐划一的苛求，这里多了几分自由与欢乐。好像对他们而言，唱歌不是一场给人观看的作秀，而是一种发自内心的快乐，他们正在用自己的歌声把这种快乐表达出来。声音是那样的自然流畅、美妙动听，仿佛就像一种天籁之音，在我们耳边萦绕，给人一种清新向上的感觉……我们不知不觉地陶醉在他们的歌声里了。

里加的老城区——青石铺成的小路呈狭窄曲折但四通八达，有着中古时期时代特征的建筑随处可见，小店门前点燃的火盆，穿着传统日耳曼民族服饰在街上自由踩着舞步的舞女，漫步其中，恍如时光倒流回到中世纪。大街上，虽然有着熙熙攘攘的人群却看不到一点垃圾，甚至连垃圾桶也很少见。

圣彼得教堂上的一只金光闪闪的金鸡风向标是这个国家特有的标志。站在教堂顶层，如童话般的红屋顶和蜿蜒流过的道加瓦河尽收眼底。

除此之外，最著名的建筑就是“猫屋”了。“猫屋”的房顶上有两只黑色的猫，它们巍然屹立在高空，仿佛两名恪尽职守的哨兵鸟瞰着大地。相比之下拉脱维亚的教堂就显得安静庄严的多了，走进教堂，有许多人在参观，却听不到一点声音，只有唱诗班悠扬的歌声在富丽堂皇的教堂里回荡着。

自由奔放的街头表演

圣彼得教堂

这就是里加，这就是拉脱维亚。这里有英国作家格雷姆格林笔下的“北方巴黎”，这里有自由浪漫的北欧小镇，这是一个来了就会被深深吸引的童话般的国家。

作者简介：

马宇翔，女，2002 年出生，青岛外事服务职业学校 2017 级 3+4 进出口报关本科班学生。2014 年 7 月，赴拉脱维亚参加第八届世界合唱比赛。

我在朝鲜的时光

青岛外事服务职业学校 2016 级旅游韩语班　许诺威

去往朝鲜的日子在期望中朝我一步一步走来，这一天，一大早我踏上了青岛飞往丹东的飞机，我将从那里坐火车跨过鸭绿江、穿过小半个朝鲜去往朝鲜的首都——平壤，参加在那里举办的第 20 届 ITF 跆拳道世界锦标赛。

与世界 ITF 跆拳道联盟总裁李永善的合影

坐上去往朝鲜的列车，心里满是激动。雄赳赳，气昂昂，跨过鸭绿江！过了鸭绿江，列车停靠在朝鲜境内第一站——新义州，朝鲜的军人上列车检查我们的手机、行李等物品，填了两张表，在我们的护照上盖了章，我们就正式进入朝鲜境内了。

从火车窗户向外看去，一片片黄灿灿的菜地，高低起伏的小山和不规则的村庄，大人们领着孩子，漫步在菜田里，给人一种其乐融融的感觉。

朝鲜时间下午 5 点，我们准时到达平壤火车站。一出站，我愣住了，这里，和我想象中的朝鲜完全不一样，这里有和中国一样的高楼大厦，这里街道干净整齐，人们保持着中国 20 世纪七八十年代的生活方式，骑着自行车上下班，也有人坐着有轨电车上下班。

在车站门口，迎接我们的大巴车早已在等候，我们都分配到了自己的翻译。在去往酒店的路上，我和翻译在聊天中加深了对朝鲜的认识。一路上，我看到了市中心的繁华地带，看到了朝鲜的母亲河大同江，看到了朝鲜国家队各种项目的训练馆、训练场地。

终于，我到了未来 7 天要在朝鲜居住的酒店，富丽堂皇的装修，里面有咖啡厅、西餐厅、中餐厅、娱乐厅，还有一个购买朝鲜特产的小超市。酒店周围是绿油油的树林，树林里有个小公园，很有诗意。

稍稍整顿过后，已经晚上七八点了，我跟随着教练和随身翻译去往跆拳道殿堂登记，进行一系列的比赛准备。

再次随翻译回到酒店已是晚上 11 点多，躺在床上习惯性性拿出手机，可是一丁点儿信号都没有，失落感涌上心头。既来之则安之，干脆体验一次没有手机的生活。

后面 7 天基本上都是在跆拳道圣地度过的。比赛之余，我去了跆拳道创始人崔泓熙将军的墓地献花，这一路上，我看到了朝鲜的人民英雄纪念碑和朝鲜的凯旋门，朝鲜的凯旋门是为了纪念金日成打败日本和美国而建，翻译特意强调比巴黎的凯旋门还要高 11 米。翻译还介绍了朝鲜的“三大世界之最”，最高的凯旋门，最高的石塔——主体思想塔，最深的地铁。夜晚的平壤市漆黑一片，除了凯旋门和石塔亮着灯外，毕竟主体思想的火焰永不能熄灭。紧接着教练带我去朝鲜最高级的餐厅“玉流馆”品尝了正宗的朝鲜冷面。

我还去了首都平壤市中心，漫步在市中心的街道上，领略朝鲜的风土人情，体验了被誉为世界上最深的地铁，乘坐了有轨电车，参观了朝鲜的最高学府金日成大学。

有一天没有我的比赛，教练忙完了自己的工作后，带我游览万景台。一下车，满眼是绿色的草地，翠绿的树林，高低错落的山丘，十分美丽。随后参观了金日成主席小时候生活的地方，听当地人讲解发生在这里的故事。

离开万景台后，我们参观了平壤的少年宫，体会同龄朝鲜青少年的生活。他们每天放学后必须要来少年宫学习一项技能，刺绣、书法、舞台剧、芭蕾……这是朝鲜学生上学期间的必修课程，直到工作。

短短 7 天，对朝鲜的认识只能算浮光掠影，但我也见到了一个和想象中不一样的朝鲜。

我的证书与奖章

作者简介：

许诺威，男，青岛外事服务职业学校 2016 级旅游韩语班学生。2017 年 9 月 14～21 日，赴朝鲜参加第 20 届 ITF 跆拳道世界锦标赛。

在时光里享受温暖

青岛外事服务职业学校2016级航空服务1班　兰婷旭

我的童年，并不是在青岛这片土地上度过的，而是在一个叫作京畿道的地方。虽然我已经有些时日没回去了，但关于那里的记忆却一直存在。

印象中，那里很温暖，仿佛一年四季都有阳光，还记得外婆与邻居们互相赠送做好的饭菜，尤其是冬天，长辈们会叫小孩子双手捧着盘子，走到院子门口喊："안녕하세요,좀맛좀오늘만든요리（您好，请尝一尝今天的饭菜）"；还记得我与说着不同语言的孩子们玩闹的巷子，那个时候，还没有智能手机，小孩子们总是喜欢聚到一起看电视；还记得春天飘落的梨花，落在树下的花瓣浪漫极了，我们总是坐在上面嬉笑打闹……太多美好的童年回忆都留在了那里，今年暑假，我在记事本中写道：真想回去看看，那个我生活了143周的地方，看看那时的房子是否变了样，邻居是否换了人，马路是否翻了新，还想看看那里的阳光是否还像从前那样充足，闪耀。

妈妈理解了我的心情，带我回到了那里。

韩国京畿道街景

此次出行，我们回到京畿道，发现除了少了一片树林外，大致还是老样子，从京畿道出发后，我们直奔首尔。我感觉首尔的街道和上海挺像的，尤其是南山塔，和城隍庙差不多，这几年，在韩国的中国人越来越多，所以即便是韩语不好也不用担心交流的问题。记得刚到的第一天，我因为水土不服有点小感冒，然后自己出门买药，但我的韩语已经忘得差不多了，就十分蹩脚地形容、比画半天，药店的爷爷也没理解，然后我就用中文小声说了句："咳嗽到底该怎么说啊？"爷爷听到我这句话，立马转身拿药，然后还用中文和我说："这个，咳嗽，非常好使。"拿到药的我，不禁感叹中华文化的博大精深啊！

虽然去的时候已是8月上旬，但那里的温度并没有很炽热，反而伴着些许清爽的微风，夹杂着淡淡的海水的味道，吹到脸上，舒服极了。好不容易来一趟，究竟去哪玩好呢？思来想去，考虑到我比较贪玩，最终决定去首尔乐天游乐场。乘坐地铁2号线到蚕室站下车就到了，交通十分方便。像我这么大的买青年票就可以了，大约是26000韩元。游乐场里项目很多，让我印象最深的，就是室内过山车了，它横穿1～4层，540度旋转的超速云霄飞车，好多次我都感觉要撞上建筑物了。乐天世界还包括一个很大的室内滑冰场，不过有点遗憾的是，滑冰场需要单独购票，不包含在通票中，所以我们就没玩。虽然有遗憾，但下次再去就知道要玩什么了。噢！对了，有一条小路上开着一树粉红色的花，淡淡的，却很是灿烂。

都说女孩子心情不好了，就带她去逛街，保准儿立马精神起来。这句话是真理啊！逛街真的是一件很惬意的事，不管我买不买，只要我看到了，也会觉得好开心！不过呢，我这个人比较懒，基本上走一会儿就累了，所以我先去了一直想去的商店——LINE，那里真的是少女的天堂，布朗熊和可妮兔简直是太治愈了！

而且免税店里的护肤品、日用品什么的也普遍比国内便宜，好多次我都忍住了想做代购的冲动。

关于食物，我总是忍不住想起外婆的味道，想起那无数个傍晚，米饭冒着腾腾白烟，而我坐在餐桌旁咬着筷子，等外婆把剪好的泡菜，刚煮出来的大酱汤端上桌，再说一句“开动啦”，然后大家纷纷拿起餐具，筷子和勺子碰撞盆碗发出的叮叮当当的响声，像一段段动听的音符。当我去到大学路Park land烤肉店后，泡菜的味道十分正宗，酸酸辣辣的，清爽可口，而且店里的肉质非常鲜美，五花肉烤出来一点也不腻，还有非常浓的香味，用生菜包着沾满辣酱的五花肉，一口塞进嘴里，再喝一口水果气泡饮料，味蕾开了花，简直不要太美好！

吃过了韩国的烧烤，怎么能不去尝尝正宗的部队火锅呢，我们吃这一顿，才17000韩币，相当于100左右人民币，实在太合算了！一大桌子的食物，两个人吃绰绰有余(我还是比较能吃的那种)，而且基本上韩国的大店小店，都会赠送一小份泡菜，不愧是泡菜国啊！

在首尔度过了整整5天的美好时光，这次旅行无论是身体还是精神都得到了极大的满足。世界那么大，我们都应该去看看。

作者简介：

兰婷旭，女，2001年出生，青岛外事服务职业学校2016级航空服务1班学生。2017年8月，与家人赴韩国探亲、旅游。

异域雪国之新年狂欢夜

青岛外事服务职业学校2016级航空服务1班　王玛丽娅

2018年的新年夜即将来临，今天对于信奉东正教的俄罗斯人来说也是一年当中最为隆重和最具民族特色的一个节日，就相当于我们中国的春节。

俄罗斯像中国一样，除公历外，还有古老的民间历法。根据东正教的历法，俄罗斯的新年要比欧洲的晚两个星期，也就是说1月14日是俄历的新年，说到这里，还有一段历史要给大家介绍一下：最初其实俄罗斯的新年是每年初春时分的3月1日。因为俄罗斯大地靠近北极地区，春季到来的时间要比其他地区来得晚。那时候，每年的3月1日当天都会举行祭祀太阳的隆重仪式。15世纪末期，受到拜占庭的影响，俄罗斯又将新年改至每年的9月1日，并一直持续到1699年才又被彼得大帝依照西欧各国的传统习惯改为今天的1月1日。

雪姑娘

我们家每年的12月31日这一天，妈妈都会把家里收拾得十分整洁和漂亮，然后大家便一起装扮新年树（就像欧洲的圣诞树一样），在树上挂满彩灯和各式各样的小玩具及装饰品，每当这时我的思绪就不由自主地飞回到远在万里之遥的姥姥家，仿佛又回到了俄罗斯新年的狂欢夜。

记得有一年爸爸在新西伯利亚市工作，我和妈妈也一同前往，为了回姥姥家过新年，我们提前好几天坐火车从俄罗斯的亚洲部分沿着著名的西伯利亚大铁路回到了远在欧洲部分的姥姥家……跨年夜当天的傍晚时分，父母们就陆续带着孩子们从城市的各个角落涌向城市的中心广场，爸爸妈妈带着我和表妹们也来到了那里，远远望去，广场中心伫立着高大的新年树，树顶端有一颗闪亮的大大的五角星，树上的彩灯在变换着各种颜色。在广场的不远处演出的舞台已经搭好，欢快的乐曲响彻整个广场，不一会儿人们又架起了一个大大的篝火堆，妈妈说这都是为午夜狂欢而准备的。

当来到新年树前时，早已有很多小朋友手拉手地围着新年树唱歌跳舞，我和表妹们也立刻加入进去，没过一会儿，身着盛装的新年老人和他的孙女雪姑娘也来到了我们中间，和我们一起手拉手地唱歌跳舞做游戏，然后从他的大背包里开始给我们分发礼物，但前提是要回答对新年老人提出的小问题。此时天色已经暗下来了，我们要回家准备辞旧岁迎新春了，姥姥家的楼道里已是灯火通明，楼梯上挂着艳丽的气球和彩带，欢快的音乐和愉快的笑声从邻里家中传出，一进门桌子上面姥姥和小姨早已给我们准备了可口的佳肴，有俄罗斯腌肉、熏鱼、烤鸡、鱼子酱、红菜汤、黑面包、白面包和各种水果、糖果……当然也少不了号称“俄罗斯灵魂”的伏特加酒。

我送给表弟的新年礼物

接近午夜时分，电视节目里传出了一个熟悉的声音，俄罗斯总统普京出现在电视画面中并发表新年祝词，不久画面中克林姆林宫的大钟便敲响了，就在钟声敲响的最后一刻，千家万户中的水晶酒杯里已经倒满了气泡飞舞的香槟酒，大家同声高呼：“新年快乐！”家人互碰酒杯，互祝问候，此刻的俄罗斯已经变成了欢乐的海洋。

这时爸爸告诉我新年才刚刚开始，原来他已准备好背包，里面装满了酒水，要带我和妈妈重返中心广场参加新年狂欢活动，来到大街上，另一番景象映入了我的眼帘，天空中雪花在慢慢地飞舞，街道上到处飘扬着俄罗斯国旗，街灯明亮，车流不息，人们不分种族、不分信仰、不分肤色、不分国籍、不分男女老幼，彼此陌生的人们相互握手、相互拥抱、相互亲吻、相互交谈，将新年最美的祝福送给对方，广场上人们载歌载舞，舞台上人们尽情欢唱，篝火旁人们开怀畅饮，此时的我仿佛置身于童话般的世界。

作者简介：

王玛丽娅，女，2001 年出生，青岛外事服务职业学校 2016 级航空服务 1 班学生。2011 年 12 月，与家人赴俄罗斯探亲、旅游。

暹罗清迈之行

青岛外事服务职业学校 2016 级国际邮轮乘务班　王立宏

2017 年暑假，我和母亲一起去了泰国。电影《泰囧》里的神秘人物“老周”就隐居在清迈的寺庙，因此我非常想去清迈见识一下那些寺庙、街道和友善的泰国人民。

关于自由行还是跟团行，我与母亲争论了很久，在外地工作的父亲也提出了意见，舅舅也过来商讨。我们最后还是选择了自由行（是我的强行说服）。我们曾经跟团去了一趟北京，上车睡觉，下车看景拍照，令我对北京的印象直线下滑。我在一家旅游的网站上自己订了两张机票，行前查看攻略。

7 月 21 日凌晨 4 点，我们到达流亭国际机场，坐上了飞机，在云南昆明转机去往泰国清迈。当地时间下午 3 点（泰国比中国晚一个小时）到达清迈机场。

办好落地签，我找到了举着 WONG LI HONG 姓名牌的泰国本地司机。他皮肤黝黑，戴着墨镜，瘦瘦高高，手臂露出了一大片的文身，让我怀疑他不是好人。但他一开口的满嘴泰语，让我放松了下来，他的服务非常周到，帮我们把行李送到酒店后，还询问我们需不需要别的帮助。我们给了他一张 20 元的人民币作为小费。

我们入住的酒店是拍摄《泰囧》的艾美大酒店，门口的大象喷泉，充满热带风情。尽管前台帅气的泰国小哥哥英语口音极其怪异，但我很机智地听懂了，比较顺利地办理了入住。为了防止意外，我特意随身带着《酒店英语》课本。

当晚，我们先去逛长康路夜市，集市里灯火通明，来自世界各地的游客七嘴八舌地跟摊贩商量价钱。说真的，在国内，我从来不知道自己的英语可以那么流利，母亲不会英语，在泰国的这一周全是我来指路、交流，甚至买东西也没问题。泰国人民非常友善，见到你有时会说一句“萨瓦迪卡”，并且施行十字礼。

因为泰国国王去世了，所以家家店铺都挂有泰国国王的画像，装饰着白布。街道非常窄，但是却非常卫生——没有任何垃圾，而且街道四周走几步就可以看到一个神坛，有一个小小的许愿池，里面投满了硬币。

天气一点也不热。青岛的夏天不但太阳毒辣，而且空气潮湿得似乎要使你窒息。清迈，这座位于泰北的高原城市只是阳光有些强烈，空气干爽，如果感觉热了，可以直接到附近的小店里去点一杯芒果冰沙（强烈建议）。

泰国交通很有意思，没有太多红绿灯，基本是电动车，车也很少，双条车的后门是敞开的，你可以看到后面的车辆，并且司机还会对你笑，冲你招手。去瓦洛洛市场时，我们的司机居然停在路中央，然后下车为我们指路，我都懵了，后面的车被堵在后面，却完全没有生气，也没有按喇叭，静静地等待着。

友好的人民，“萨瓦迪卡”，便宜的物价，新鲜的水果，质量极好的化妆品，都令母亲很开心。顺便一提，这两天都在吃芒果饭、菠萝饭，有点吃不惯。之前还闹过笑话，点了一杯柠檬冰沙，结果我看到服务员把整个柠檬放进料理机时，我就知道不太妙。酸死了！

我们去了塔佩门，我从来没有见到过那么多鸽子，而且它们还站在我肩上。完全没有怕我的意思，看来泰国人民对它们很好，所以才不怕人吧！

有天晚上做完了 SPA，我看上了一家店门口的泰国传统服装，我就拉着母亲进去看，结果刚刚踏进店门口，就有黑色的一团猛地在门口站了起来，我吓了一跳，定睛一看，是一个肤色很深的人蹲在门口。他就是店主。

店主是巴基斯坦人，对我们非常友善。“巴基斯坦和中国是好兄弟！”他用奇怪口音的英语这样表达，当我问他为什么要离开巴基斯坦时，他说：“Pakistan have problem.”看来是巴基斯坦的某些事情让他来到了这里。

店主叫阿巴斯（也可能不是这么念），他有一个梦想，就是将巴基斯坦的毛毯发扬光大，让全世界人都知道巴基斯坦的毛毯。于是为了实现这个梦想，一个大男人，从巴基斯坦到清迈，待了整整 8 年。他有两个妹妹和父母，怎么能不思念家里人呢？可他却忍住了，并且在这 8 年里不断地织毛毯，打理店面，几百张毛毯，几千个小艺术品，都是他在 8 年时间里独自完成的。

塔佩门广场停在我肩头的友善的鸽子

孤身一人在泰国，为了弘扬巴基斯坦地毯的阿巴斯（巴基斯坦伙计）

我还在宁曼路（清迈最著名的一条购物街）的一家化妆品店里面认识了欣姐姐，她是“二战”时期中国赴缅甸远征军的后代，在缅甸长大，现在是泰国国籍。

她告诉我在泰国造假货是要判死刑的(把我吓得不轻)。

她还告诉我,她在缅甸时,为了改变自己的命运,让自己的姐姐和弟弟过上好生活,坚持凌晨走山路去上学,学习中国话。

“一定要好好学习啊,在缅甸里的那些同乡,就因为不会泰国话和中国话,现在还是很贫穷。”这是欣姐姐令我印象最深的一句话。

除了双龙寺的金碧辉煌、肃静庄严外,我还见识到了 MAYA 商城的庞大。MAYA 商城里居然还有人在 COSPLAY,刚好被我赶上。

劝导我好好学习,努力提升自我的泰国籍欣姐姐

梅沙大象营我也去了,喂大象让我很开心。大象的鼻子力气真的很大,它吸我脸的时候我的脚都软了。

这次的清迈之行给了我很多启发,巴基斯坦伙计和欣姐姐更是让我下定了学好英语的决心,以后出国去和更多国家的人交流。

作者简介:

王立宏,男,2001 年出生,青岛外事服务职业学校 2016 级国际邮轮乘务班学生。2017 年 7 月,与母亲赴泰国旅游。

意大利文化之旅

青岛外事服务职业学校2016级“3+4”进出口报关本科班　万宇昊

我去过不少地方，却对意大利这个国家印象尤为深刻。

宏伟精美的雕像，花样繁多、口味丰富的简餐，人与自然的和谐交融，对我而言，真的是来到了一个新的世界。

罗马教堂前合影

我们无从考究历史上的今天到底发生了什么，只能从先人留下的遗迹中感受他们的存在。对我而言，罗马角斗场和君士坦丁堡印象尤为深刻。我不敢想象这里曾经有过多么惨烈的场面，只能从导游的讲解中了解一二。2000多年的光辉岁月在它们泛黄的墙壁上留下了印记，威武的骑士，长燃不熄的火种以及那无名烈士的雕像，当你与它们相视，你就会肃然起敬。

要问世界上哪座城市不需要汽车，威尼斯最有发言权。威尼斯是著名的水上城市，纵横交错的水道就是它的大街小巷，船是唯一的交通工具，所有的建筑都是在沼泽地里打桩垒石灌水泥形成的坚实地基上建造而成，造就了它那独特的建筑风格。我们来到威尼斯广场，诧异于海鸥、海鸟以及各种颜色的鸽子在人群中混杂，丝毫不畏惧人们的存在。每当有人要喂食它们，胆大的鸽子甚至敢飞到人的肩头，享受着食物带给它们

水城威尼斯之渡者

的无尽欢乐。

我认为旅行的意义在于开阔人的眼界，净化人的心灵，多出去走走，真不知是一件多么幸福的事呢。

作者简介：

万宇昊，男，2001 年出生，青岛外事服务职业学校 2016 级“3＋4”进出口报关本科班学生。2016 年 8 月，与家人赴意大利自由行。

慧眼看美国

青岛外事服务职业学校1998级旅游服务与管理班　梁淑慧

空中之旅

2001年夏天，我从母校青岛外事学校毕业后，通过层层选拔进入海南航空公司，成为一名空姐，从此开始了十多年的飞行生涯，实现了自己的蓝天梦。

从一名实习生做到乘务长，再当教员去带领新入职的空姐空少们尽快熟悉和适应自己的工作，我热爱自己的工作并引以为豪，工作这么多年多次获得优秀乘务员/乘务长的荣誉，执行过国家领导人的专机保障、央视心连心艺术团的专机保障、前往法国执行新飞机的回国飞行保障、多条精品航线开通及首航飞行任务……同时也经历过飞机降落前放不下起落架遭遇险情最后转危为安、癌症病人躺在我的怀里吸氧直至飞机安全落地的场景，遇到过刁蛮的乘客，也遇到过老奶奶眼含热泪握着我的手表示感谢……这份工作给予了我不同的人生体验，让我学会感恩，因为每一次的平安落地都意味着幸福。

感谢有你

然而在蓝天白云间最幸福的，就是收获了我来自异国的爱人和我的小家庭。我们相识在飞机上一起，执行同一个航班，他是美国机长，我是中国乘务长，时间久了，两颗漂泊的心就走到了一起。2010年我嫁给了他，2011年随着老公的工作迁移定居美国亚利桑那州凤凰城，正式开始了移民生活。

移居美国

亚利桑那州有闻名世界的科罗拉多大峡谷、羚羊谷、马蹄湾、纪念碑谷等众多的自然风景，还有印第安部落文化、飞机坟场以及各种博物馆等人文设施资源。夏天地表热度可达到40摄氏度以上，是真正的沙漠地带气候，而冬天却是全美国数一数二的避寒胜地，基本维持在10摄氏度左右。这里的天空总是那么蓝，空气总是那么清新，这个不是电视里的宣传片而是我真真切切看到的感受到的。移民后的生活最重要的就是语言交流和建立自己的社交圈，你要主动去示好结交朋友，努力学习当地的饮食、庆典节日、生活习惯，如果你不能完全理解他们的文化，去到一些场合就可能出乱子搞得自己很尴尬。有一次，我去参加一个橄榄球比赛Party，特意带去精心制作的中餐，想让美国人尝尝正宗的中餐，朋友们都特别友好，夸赞我做得很美味。后来老公告诉我这种比赛大家其实都是点Pizza吃的，你的中餐锦上添花却不是那么合时宜，所以在这件事情中我体会到了美国人的友好，也认识到两国文化的不同，多亏我有个美国老公能够及时给我一些建设性的意见。

在美国华人教会展示中国旗袍

我家在钱德勒(Chandler)的市中心，在离家开车几分钟的地方就是一个很大型的亚洲超市，从老干妈到大白兔奶糖没有你买不到的。各种快餐中餐馆、超市、银行、百货商店、药店等遍布在街区的每个角落，所以在这里生活非常便利。这里的公共交通没有纽约、华盛顿便利的地铁巴士线路，主要还是靠私家车代步，所以会开车也是一项移民生活的生存技能。移民美国的华人们都是很努力很优秀的，他们与人为善、遵纪守法，也是被当地主流社会认可的一族群体，所以我也为自己是华人而感到骄傲自豪。

幸福之家

我们中西合并的小家慢慢地变成了一家五口的大家，为了给予孩子们更多的陪伴和照顾，我做起了全职妈妈。在美国，全职妈妈的社会地位是很高的，也是被人们所尊敬的。首先老公一个人的薪水要足够支付全家的开销，其次全职妈妈全年无休，需要更多的耐心和爱心来陪伴孩子们的成长。语言也是教育的一部分，现在我家老大精通英语，中文和西班牙文可以简单理解和沟通，老二老三的中英文水平也不错。我始终相信，学习语言也是学习一个国家的文化内涵，但这条路也不是那么容易的，因为当地的主流社会是英语环境，所以孩子们在家里就会抗拒说中文，这也成就了我虎妈的地位，其他兴趣班都可以商量，只有学习语言是不容商量的。现在看来老大从学前班到一年级的学习成绩全优、品行表现全优，和多门语言对大脑的充分发育是分不开的。

美国加州迪斯尼探索乐园留影

为了传播中国文化，每个中国新年我都去孩子们的学校给美国的小朋友讲解中国年，述说关于生肖的故事，陪孩子们做纸灯笼做剪纸，教他们包饺子，给孩子们准备红包……美国的小朋友和老师每年都盼望我能去班级里给他们讲不同的中国文化，同时我也主动去到自闭症儿童学校做志愿者，和这群“来自星星”的孩子们做游戏、帮老师打扫教室等。

我看美国

2015 年，我成为一名正式的美国公民华侨。这里的生活节奏相对缓慢，可以有时间静下来好好和自己的内心对话。这里的人们有什么说什么，不需要拐弯抹角，所以时间长了我都觉得自己变傻了，因为你不需要费心费力去处理各种复杂的人际关系，每个人都努力工作，下班回家就享受属于自己的小家庭生活，所以幸福指数是比较高的。这里的医院和国内有所不同，医生有自己的办公室，你要看专科必须打电话预约，平时要是急诊有专门的 Urgent Care 可以无须预约就去看病，当然收费也高。在美国你如果没有保险那会很麻烦，因为保险公司会支付一定比例的医药费，当然前提是要有稳定的收入每月定期支付保险公司。在美国也有一定比例的残疾人和智障人群，这里的公共设施和人文关怀都做得特别好，无障碍轮椅通行，大到公共道路小到商店购物，畅通无阻，每个人都会对这些特殊人群施以友善的目光和帮助，整个社会都是一种宽容的态度，一些企业招工还要有一定比例的残疾人和智障群体。我很欣赏这样的社会关怀，除了国家有相应政策的支持外，民众的态度对这些人群也是非常重要的组成部分，在这里你可以看到他们充满发自内心的笑容，这也和一个国家的富强及文明程度有很大关系。

我今天的幸福生活与之前在学校领导和老师的栽培是分不开，感恩我的恩师王迅、王世杰和王晓蔚等，感恩学校对我的培养，希望母校培养出更多的人才，未来更加辉煌！

作者简介：

梁淑慧，女，1982 年出生，青岛外事服务职业学校 1998 级旅游服务与管理班学生。2001 年入职海南航空公司，2011 年赴美国生活。

改变人生的美国互惠之旅

青岛外事服务职业学校2006级旅游英语班　高靖莹

2009年12月13日，通过学校的层层选拔，我满心欢喜地踏上美国互惠之旅，踏上改变我人生轨道的旅途。

我的互惠家庭是一个中美结合的家庭，“妈妈”是中国人，“爸爸”是美国人，家里有两个可爱的混血宝贝。出发前，很多人对我说互惠生到国外就是廉价劳工，但是以我的实际经历验证了事实并不是这样。互惠生项目不同于留学，不用花家里几十万的学费，但需要学生有自立意识，依靠自己的能力去欧美发达国家增长见识、开阔眼界。作为刚来到一个新国度和陌生家庭的我，当时的心情十分复杂，不知道能否融入这个特别的家庭。可来了不多久，新家庭的“爸爸”“妈妈”很和善也很容易接触，他们为了让我尽快融入这个家庭和这个国家，经常带我参加各种聚会，鼓励我大胆去结交朋友并且介绍同龄的朋友给我认识。同时他们也很耐心、很热情地帮我选择学校和课程。来到新家一个月左右，家里人就会放手让我自己出去认识朋友，接触不一样的风土人情。每次独自外出回来，他们都很开心地听我分享外出的点点滴滴，这让我既锻炼了英文又可以很快地适应美国生活。在与家庭小孩子的接触中，我一直充当他们大姐姐的角色，我不仅可以教他们中国的文化，也从他们那里提高了语言沟通能力，探索到更广的生活领域。

一年的互惠生活，锻炼了我的英文，也锻炼出我的自立，让我学到许多课堂中学不到的东西。在“爸爸”“妈妈”的鼓励和帮助下，我成功地考上美国洛杉矶大学。

2011年9月，我来到洛杉矶，开启了我的大学生活。美国的大学生活和国内一样，同学们来自四面八方，各个阶层。课堂上能听到同学们各种各样的意见，老师也很乐意细细聆听；课堂上能听到同学们南腔北调的口音，但毫不影响大家的交流；课堂上能同时看到一年四季的服饰，教室里的空调、暖气也不会为任何汗滴停息。就是这样！大学课堂成了一个熔炉，汇聚了各式各样的人，交杂了各种各样的声音。

大学生活的结束代表着你真正地要融入这个社会。来到美国这10年里，我换过多份工作，做过餐馆服务员，做过前台服务，在机场做过地勤，每一份职业都让我接触到不同的风土人情，也学习到很多不一样的当地文化。美国的生活节奏并不像在国内，大家都在为了生活而拼搏奋斗，每一个人都有着不同的经历，对于我们这些刚刚毕业的毕业生而言是一个新的挑战，我们几乎每一个人都会从最底层做起，但是这对我们来说是一种不一样的经历。在美国工作并不像传说中的那么难，老板和老员工都不是想象中的那么难缠，反而出乎意料的和蔼，只要你用心做好自己分内的事情就好。

美国大部分人虽然都大大咧咧的，说话的时候表情动作都很夸张，但是他们对人充满热情，见到陌生人也会很友好地、微笑着打招呼，让人感觉非常容易沟通。在美国没有人因为你穿得笔挺而对你另眼相看，也没有人因为你穿得朴素而不屑与你为伍。“随便”两字能概括他们对服饰的态度，怎么舒服怎么穿，西装革履多半是政府职员、大学教授、公司雇员等高薪阶层的着装。虽然美国人的时间观念很强，但他们特别守规矩，无论什么时间什么地方大家都会不自觉地排队，从来没有人插队。在美国，给小费是一个非常常见的现象，从餐厅吃饭、坐出租车、让酒店工作人员帮你拿行李等，都需要给一定数额的小费作为给对方劳动的一个认可和酬劳。

在美国圣莫妮卡游艇港

经过多年的历练，现在我已是一位 4 个宝贝的妈妈，并且成为一名红酒代理商。之所以选择红酒这份职业是因为我跟我老公很喜欢喝红酒，而且加州是全美最重要的葡萄酒产地，最好和最著名的产区就是加州北部沿海的纳帕河谷，纳帕河谷被称为红葡萄酒的“国度”。

如今的我特别享受自己的生活和职业，感谢青岛外事学校的培养与教育，感谢美国互惠生的经历，因为“你们”成就了今天的我。

作者简介：

高靖莹，女，1990 年出生，青岛外事服务职业学校 2006 级旅游英语班学生。2009 年参加青岛外事学校美国互惠生项目，2011 年考取美国洛杉矶大学。

我在新西兰的留学生活

青岛外事服务职业学校 2012 级剑桥英语班　于丰源

“绿岛倾情闲云悦，碧水蓝天一世痴。”在新西兰生活的人讲究美色，而我喜欢看遍那山川河流良辰美景，好品味这婀娜多姿百色人生。新西兰留学数年，独上高楼望断天涯路。

新西兰大学生活

新西兰有八大名校，奥克兰大学、梅西大学、奥塔哥大学、坎特伯雷大学、维多利亚大学、怀卡托大学、林肯大学和奥克兰理工大学。我就读于其中的奥克兰大学，世界前百名校，硬件设施强劲，软件师资专业。整体课程需要大量时间攻研，但也会有一定的课余时间，学校大大小小数百个社团可供充实生活，严谨的辩论社，活泼的乒乓球社，刺激的气枪社（新西兰枪支合法，电枪气枪满 18 岁可直接购买），激情的冲浪社等。大学的伙食也是多种多样，日料、中餐、印度餐等，应有尽有。

新西兰的风土

新西兰的文化具有多样性，你可以很容易地在街上找到各国餐馆，不同国家的节日庆典也会在这里轮番上演。奥克兰是新西兰最繁华的地方，有一座标志性建筑天空塔，也被称为“天空之城”。海边可以看到很多私家游艇，出海是新西兰人钟爱的休闲方式之一，骑马、高尔夫都深受欢迎。当地的毛利人，体型高壮，擅长雕刻、舞蹈。葡萄酒、羊驼制品、保健品、麦卢卡蜂蜜都是新西兰当地的特色，其中葡萄酒和蜂蜜更是新西兰的国家瑰宝。新西兰出行方式以开车和公交为主，由于公交和出租的昂贵价格，自行开车是最佳选择。生活中，当地人对中国人大多数都很友善（没有利益冲突的时候），中国人会更注重利益回报；工作上，当地人的公司制度健全、福利齐全，待遇也更优。

我的学习生活

2015 年，我以优异的成绩考入奥克兰大学，到现在已经过去了 3 年多，转眼就到了大学生活的最后一年。刚到新西兰的时候，感觉街道没有了人来人往的喧嚣，多了一抹空灵的静谧。山水树木穿插在城市中间，走几步路便是一处让人驻足的美景。平时漫步在校园，图书馆，小树林，风景如画；周末相约开车去别的城市游玩。努力而又安稳的生活状态，也时而造就了一些压抑，排解后的豁然开朗，总是会收获良多。现在的我，攻读会计和市场双专业，挣扎在成山的论文堆里，憧憬于神秘却又充满诱惑去探索的未来，今后或会面临工作还是读研的选择，不论哪种选择，都是充满无限可能的未来。

在奥克兰大学图书馆

学习，生活，成长，感受风土，本文是这几年我在新西兰生活的总结。我越来越喜爱这片美丽而多情的土地，助我成长，给我希望。

作者简介：

于丰源，男，1997年出生，青岛外事服务职业学校2012级剑桥英语班学生。2015年考取新西兰奥克兰大学。

看过世界的人，内心更强大

我们平等地相爱，因为我们互相了解，互相尊重。

——托尔斯泰

根植传统，扩大交流

——青岛外事学校对外交流随记

青岛外事服务职业学校中日合作项目负责人　曲　楠

前些日子，在与青岛外事学校褚校长的电话中，提到学校准备出版一本书，有关这几年对外交流的内容，希望我也能提供一篇与其有关的文章。恐慌之余，觉得身在其中，难逃其“责”，就抬笔回忆起了这几年的交往过事。

2018 年 3 月末，考虑到外事学校这次体验留学行程较为复杂，带队的郑老师也是第一次赴日，故自告奋勇，前往大阪亲自迎接他们转乘新干线前往冈山。在抵达仓敷市时，因为已近晚上 10 点，故仓敷高中将晚餐改在了酒店附近的“王将”饺子餐厅。大家一起走着快要到达餐厅时，突然迎面走来两位学生样的姑娘。她们非常友好地笑着向大家问候，招呼着，好不亲切呀！定睛一看，原来是去年 10 月份才来的两位外事学校的学生小陈和小徐。看来，仓敷高中的领导们真是良苦用心啊！这么晚让他们出来迎接来自母校的师生们好不亲切呀！从见到她们的瞬间到坐下来一同吃着热气腾腾的日本拉面和饺子，气氛突然地热闹了起来，我却对小陈和小徐这两位早半年多来留学的小同学异常吃惊。无论她们的眼神，还是神态，语言的发音，语序及语调和语感，宁静而沉稳，朴素而柔和，完全没有一丝出国前面试时的浮躁，变化好大啊！除了些许语法问题外，如果不仔细听的话，单从外表装束和语言几乎辨别不出是两位外国女生。交流中才知道她们除了学校的学习积极跟进、努力外，社团活动及课外的社会慈善活动她们俩都积极地参加。这不，下午刚参加完一场慰问附近老人院的社会活动，问她们累不累，她们说：“一点不啊，日本的叔叔阿姨们对我们可好了，每次都教我们这儿那儿，还经常给我们送好多好吃的，与其说是自己援助别人不如说他们给予我们、教会我们的太多啦！其实这些活动的参加是因为出国前认真听了自己母校老师们的建议才尝试去做的，自己也没想到收获这么大。”听了她俩的话，感叹之余，第二天向给她们授课的中岛老师问了问她们的成绩如何，中岛老师一下子兴奋了起来！“非常棒的，我如果不能把她们送进一流名牌大学，真是会感觉太对不起她们了！……”听了这些话，我不由得一直在思考这样一个问题，其实国内的中考绝对不能完全判定一个孩子的真实学习能力和水平，出国前老师的用心引导加之良好的环境影响，尤其是自身对出国的心理、身体和思想上的准备，会对留学目的国的适应度产生深远的影响和助力，应该感谢外事学校的老师们在这方面下的功夫呀。

这几年作为仓敷高中在中国事务的首席代表，日本学校来人，自己几乎都亲自陪同访问，所到每所学校、每处教室，几乎得到的都是感动和惊讶！想起来依然记忆犹新。记得去年5月份陪同本原理事长和濑川理事前往外事学校访问时，会谈接近尾声时，褚校长告诉我们，今天除了日方的来访外，还有来自德国友好学校的师生们近二十人，由于东西方文化的差异，今晚特意留德国的师生们在学校食堂包饺子，共同用餐，问日方学校的领导们是否有兴趣一同参观一下？本原先生、濑川先生听后欣然接受。一同来到学校食堂时，德国的师生们已经到了十几人，这时褚校长洗好手挽好袖子亲自为他们展示山东饺子的“捏功”。只见他拿起一张饺子皮，用筷子迅速加进一大块馅，两手大拇指和食指一起一捏，一个圆滚滚的大饺子就诞生了。顿时周围就发出了巨大的共鸣、赞叹和掌声，连常常能吃到饺子的日本理事长和濑川理事也情不自禁地边笑边鼓掌，“好棒好棒！”在褚校长的感染下，德国的师生们与学校的同学、老师连同食堂的员工们一起争先恐后地包起了“山东水饺”，场面好不热闹。

作为本科外语专业出身的我来说，深深知道这种立体式的外语交流对外语学习来说是多么高效多么有用的。同时，这种民间的交流，无论从思想上、文化上对于民族与民族之间的相互理解、相互包容、相互学习又是多么的重要！非常感叹这几年来外事学校每次的变化，无论从学校所设置的各项专业，还是与学生们在校内、走廊不期而遇时他们礼貌友好的问候，都能感受到这是一所有朝气，时刻都伴随着我们国家的发展而每时每刻都在进步和努力的学校。他们实施的“国际化、多元化、个性化”教育战略，在学校对外交流的过程中，也处处体现出来了，不仅仅主动吸收学习国外的优秀经验和文化，更主动地继承和发扬着我们本国文化本民族文化中的精髓，根植传统，博采众长。

真心祝愿青岛外事学校能够越办越好，对外交流活动一路繁花似锦！

2018年6月写于新加坡圣淘沙

细节德国

青岛外事服务职业学校中德合作项目负责人　曹宇翔

依然记得19年前的那个国庆节，在国内欢庆新中国成立50周年的那一天，我踏上德国的土地，开始了永生难忘的留学生涯。现在回想起来，正是那一段留学生涯成为我人生新的起点。直到现在，很多那些年养成的习惯和观念都在深深地影响着我，不仅仅是学习，还有生活，甚至人生。

在到德国留学之前，一直觉得德国是一个神奇的国家，古代历史上有德国境内各个城邦和欧洲其他国家之间的分分合合，近现代历史上有曾经令世界陷入漩涡的“一战”和“二战”。但正是这样一个国家，却在“二战”之后迅速崛起，究其原因，一个民族的崛起与复兴无不体现在细节之处，以个人观点来看，德国真正做到了细节决定成败。如果每一个细节都做好了，那么这个国家的崛起与复兴就在情理之中了。

下面从生活、学习和工作三个方面给大家介绍一下我所理解的德国的细节决定成败。

德国生活

在刚刚抵达德国的时候，由于申请的大学宿舍还在排队中，于是租了一间公寓作为临时的落脚点，抵达公寓后，房东先简单地给我介绍了一下家里的设施之后，带我走到垃圾桶旁边，开始了重点的介绍。这也是我第一次了解垃圾分类，房东向我展示了生物垃圾、塑料包装、纸质包装、玻璃包装、污染类用品(如电池等)的分类。在介绍垃圾分类的同时，房东的一个举动让我印象深刻，只见他拿起一个喝光的空牛奶盒，把牛奶盒的盖子拧下来，然后把牛奶盒子里的空气排空，再压扁，然后扔在相应的垃圾袋中。房东解释这样做的原因是，地球环境的保护实际是对我们自己和子孙后代负责，而且也是对人力和设备资源的节约。如果我们能够在把垃圾运到垃圾场之前就进行了分类，首先就是对地球环境的保护，可以有效避免因垃圾无法分类，而只好采用深埋方式的处理方法，同时也节省垃圾场进行垃圾二次分类的时间。至于把空牛奶盒压扁，那么更可以节省空牛奶盒存放的空间，同时可以节省人力或提高机器压扁空牛奶盒的效率，从而提高整个垃圾处理的效率。听到这里，敬佩之情油然而生，直到多年之后的现在，我还有把空牛奶盒压扁的习惯。

隔了几天，在我去楼下垃圾站扔空玻璃瓶的时候，发现一个德国爸爸正带着四五岁的女儿也在那里扔空玻璃瓶。让我惊讶的是，他们居然把红酒瓶的软木塞和铁质或铝制的玻璃瓶盖一个个从玻璃瓶上拧下来，放在一个专门的收集瓶盖的桶中，然后再把玻璃瓶按照不同的颜色，投入到不同的垃圾桶中。小女孩在很认真地拧瓶盖和扔玻璃瓶，爸爸则在一旁指导或帮忙拧，并不时予以鼓励。看到这里，我想这既是环保教育，也是劳动观念教育，一切看似平常与简单，但无处不体现细节的渗透。

德国学习

在公寓居住了一段时间之后，终于搬到了大学宿舍中，开始了正式的学习生活。由于德国大学有严格的专业学习规定，即每个科目如果两次考试不及格，则不能继续这个专业的学习，所以大家在进入大学之后都在努力学习，争取顺利毕业，这也就是大家常说的德国大学不容易毕业。正是因为有这样一个规定，同时本着培养大学生是为国家和社会服务的宗旨，每个德国大学都有一个部门叫学业咨询部，这个部门的主要作用就是给德国和外籍的学生咨询所学习的专业，部门里的各个咨询教师同时也是各个专业的授课教师或博士在读生，甚至有的大学还请在企业或国家机关工作的相关人员前来大学做学业咨询师。每个在读学生无论是新生还是已经就读的学生，都可以前去学业咨询部咨询自己学习过程中遇到的问题，尤其是对专业的理解以及日后就业的方向，各个学业咨询师都会根据专业以及日后就业的情况给每个学生专业的咨询，如果发现学生不适合学习这个专业，学业咨询部会根据学生的成绩和意愿给出学生换专业，甚至是换大学的建议，以使学生确定正确的学习方向和就业方向。这种专业细节上的咨询，会让每个学生清楚地知道自己为什么要学这个专业，如何学好整个专业，以及将来毕业后如何就业。

正是这种细节的体系保障，让每个学生都能学习自己感兴趣的专业，并在将来从事自己喜欢的工作。试想一下，当一个国家是由一群发自内心兴趣学习而毕业的人组成，他们在社会各个领域必然会做出积极的贡献，这样的国家怎么能不强大呢?!

德国工作

由于留学期间我是完全自己养活自己的，所以我在德国留学期间必须要打工。我曾经在餐馆、快递公司、面包厂、大学和奔驰汽车集团打工，各种打工生活现在看来是一种巨大的财富，既赚到了必需的生活费，还锻炼了语言，更增加了对社会的认识，这种无形的财富让我受用终生。

在大学学习了一段时间之后，我有幸进入奔驰汽车集团做假期工。所谓的假期工就是给大学在读的学生进入企业工作的机会，但仅限于寒暑假，目的是不耽误大学的专业学习。实际当时在申请假期工的时候，我并没有抱太大希望，因为当时德国的失业率相对较高，自己认为社会上那么多德国国籍的人都还找不到工作，我一个外国人能够得到工作的机会应该不大。没想到，在申请寄出几周后，收到了奔驰汽车集团的录用通知。在报到的时候，跟人事主管聊起这个话题，人事主管的回答让我深刻感受德国政府和企业的细节前瞻性。

人事主管说，虽然目前德国的失业率较高，但是作为德国企业来讲，必须要给学生提供进入企业工作的机会，无论是中职生，还是大学生，而且哪怕是短短的几天。因为学生将来在毕业之后一定会踏入社会，走入工作岗位，如果可以让学生在学期间就有机会接触企业和一些工种，那么对于学生是有百利而无一害的。通过工作，学生可以知道赚钱不容易，体会父母的辛苦。同时可以让学生获得一定的报酬，体会到劳动带来收获的快乐。甚至可以让有些学生调整自己的专业方向，发现理论与实践的不同，从而更好地在工作之后进行专业学习。

还有一件事情是，按照德国的相关法律规定，企业必须无条件且强制性接收来自中等职业学校的学生进入企业进行实习或短期工作，如果企业不执行该法令，则会面临高额罚款或税赋增加。这种十几岁的在读中职学生就进入企业实习的体系，全面保障了德国工业充足的人员和技术基础，而这种真正的极具前瞻性的细节准备，使德国工业多年来一直傲视全球。这是真正的基础决定成败，细节决定成败。

只有关注细节，才能成就大事。让我们做好每个人自己的细节，那么个人的成功和国家的整体繁荣必指日可待。

丝路明珠
——乌兹别克斯坦漫记

青岛外事服务职业学校中亚项目负责人　吴　真

乌兹别克斯坦地处亚洲腹地，是古代丝绸之路的“十字路口”“丝绸之路经济带”上的重要国家，历史悠久、文化灿烂，古老而神秘、传统且独特，对旅行者极具吸引力。就让我跨越空间和时间，通过肃穆的清真寺、庄严的神学院、奇特的伊斯兰建筑和质朴的当地民众带您领略不同凡响的乌兹别克斯坦。

秋季是旅行者的黄金季节，内心深处总是萌生出想旅行的小情结。思虑多时，却把目光聚焦在了一个双重内陆国家——乌兹别克斯坦。该国独特的地理位置、丰富的历史遗产、神秘的宗教文化……凡此种种皆能满足一个旅行者猎奇探秘的心理。

在朋友的帮助下，我 15 天取得乌兹别克斯坦的签证，从青岛出发经韩国首尔飞赴乌兹别克斯坦首府塔什干，开启了为期 11 天的旅程。

乌兹别克斯坦的世界文化遗产、历史遗迹、博物馆等大都集中在塔什干、撒马尔罕、布哈拉、希瓦 4 座城市，我们的旅程也是按照塔什干—希瓦—布哈拉—撒马尔罕—塔什干这样的线路进行的。

初到乌兹别克斯坦立刻体验了典型温带大陆气候的特点——昼夜温差较大，但微凉的天气却挡不住追寻异国风情的脚步。

希瓦古城

来到希瓦古城，恍然进入到《一千零一夜》的故事场景中，井然有序的古城建筑，高大雄伟的清真寺院，古朴的民风以及鲜艳的民族服装，带你穿越时空，回到千年之前的丝路古国。希瓦古城犹如一颗璀璨的明珠镶嵌在阿姆河的西岸，静静地见证时光的流转，默默地关注历史的变迁，虽然繁华不在，却依然光鲜艳丽。古城有保存完好的古代建筑群、清真寺、宫殿、军事设施以及具有民族特色的住宅。尤其是位于古城中心地带的清真寺，是中亚地区最古老的清真寺之一，清真寺中的镶嵌工艺、木雕工艺独具特色、无与伦比。入夜，站在希瓦古城的高处眺望，苍穹之下，高耸的宣礼塔，蓝色的清真寺，伴着五彩的灯光，亦真亦幻，仿佛走进了童话世界。

位于古代丝绸之路中间地带的重要城市布哈拉，有着2000多年的历史，城内有包括波斯萨曼王朝在内的多个王朝修建的宫殿、清真寺等，被称为“博物馆之城”。建于中世纪的以烤砖为装饰的棕色古城墙，保存完整，依然有固若金汤之感。曾让成吉思汗为之“折腰”的卡扬宣礼塔，虽然彩色釉砖已经剥落，但千百年来，风雨无阻，高高伫立，召唤广大信教民众，为丝路商队指引前程。装饰优雅华丽的卡扬清真寺内，最值得推荐的是如梦如幻，无处不在的星形纹饰、流线型的枝丫、叶片、花蕊等装饰。在清真寺的地面、凹壁、讲坛，甚至丝绸、地毯、门框上，各种几何图形千变万化，三角形变五角形、六角形，四角形变八角形，除了星形图案外，还有正方形、十字形、万字形，如万花筒般看得人头晕目眩。完成这些纹饰不仅需要设计者具有渊博的几何学知识，还要饱含宗教般的热忱。那种无穷无尽的纹饰符号，似乎让人体验到循环往复的世界和造物主无边的神力，思索生命的回旋与更迭。伴随着阿凡提（传说布哈拉是阿凡提的故乡）、阿里巴巴与四十大盗的故事，使布哈拉更加立体生动，凝固的建筑和流传的故事，相得益彰，让旅行的幸福感进一步得到升华。

你可曾记得《一千零一夜》中的苏丹新娘 Scheherazade 是从何处开始讲述传奇故事的吗？对，正是乌兹别克斯坦的撒马尔罕。可见撒马尔罕曾经是多么的辉煌、繁荣、重要和传奇。2000年，撒马尔罕古城整体被联合国教科文组织（UNESCO）评定为世界文化遗产。作为丝绸之路上重要的枢纽城市，撒马尔罕连接着波斯帝国、印度和中国这三大帝国，但也饱受了战火的蹂躏。城内的大多数建筑，则是由帖木儿大帝敕令修建。他发誓要让撒马尔罕成为亚洲之都，因此他把从亚洲各地劫掠来的珍宝堆积在撒马尔罕，把每个城市的最精巧的工匠带到撒马尔罕，在城里修建起最辉煌的宫殿和清真寺。这里最著名的莫过于列基斯坦广场，虽然几经损毁和修复，仍能看到往日的气魄。蓝色的神学院圆顶、高大华丽的大门和造型独特的宣礼塔，在蓝天的映衬下，闪着耀眼的光芒。这些建筑，包括列基斯坦广场和帖木儿统治撒马尔罕时的其他建筑奇迹，汇聚了14世纪晚期整个帝国的工匠和建筑师的心血。它们的影响也同样深远，甚至塑造了许多遥远城市的基本特征。

广场上的列基斯坦神学院，也是一组规模宏大的建筑群，总共由三座神学院

撒马尔罕列基斯坦广场

组成:左侧为兀鲁伯神学院(兀鲁伯为乌中世纪的学者、天文学家、诗人和哲学家),建于1417～1420年;正面为季里雅—卡利(意为镶金的)神学院,建于1646～1660年;右侧为希尔—多尔(意为藏狮的)神学院,建于1619～1636年。这些神学院是中世纪培养穆斯林神职人员的高等学府。其中兀鲁伯神学院是15世纪最好的穆斯林学府之一。三座神学院虽建于不同时代,但风格组合相当成功,是中世纪中亚建筑的杰作作品。

伟大的撒马尔罕,辉煌的历史,庞大精美的建筑群,使马其顿帝国的亚历山大大帝攻占该城时不禁赞叹:“我所看到的一切都是真实的,只是撒马尔罕要比我想象中更为壮观。”

回到塔什干,所看到的城市风格与前三个城市截然不同。这座中亚地区第一大城市,曾经留下过张骞、玄奘、法显足迹的地方,将东西方文化有机融合,让古老与现代交相辉映。这里既有哥特式风格的天主教堂,又有希腊风格的法庭,还有欧式风格的议会,新、老城区以不同的姿态展示着各自的风采,记载着历史的印记。位于城市中心的帖木儿广场上,巨大的帖木儿雕像在现代建筑的映衬下,彰显不凡的气度。昔日纵横捭阖的帖木儿大帝挥手间,见证了帝国的强盛、见证了历史的变迁、见证了民族的兴衰,同时,也正在见证乌兹别克斯坦这颗丝路明珠的发展和进步。

乌兹别克斯坦的美景让人陶醉,美食同样令人垂涎。当地的羊肉,香味足、膻味少,每次都有吃不够的感觉;刚出炉的烤馕,香气四溢,香脆可口;有“中亚第一抓饭”美誉的黑抓饭,大米香糯,配料讲究,香料丰富,的确名不虚传;各类干果,受到大自然的垂爱,凝聚气候、温度、湿度、阳光的赏赐,奉献甜度、味道、品质俱佳的美味。

大巴扎里的工艺品同样让你爱不释手,以传统工艺见长的乌兹别克斯坦手艺人,为我们奉献了精美的地毯、陶瓷、刻铜、木雕等,每一件饱含手艺人心血的工艺品,在展示异域风情的同时,也向我们讲述着这个国家的历史与文化。

除了美景、美食和特色纪念品以外,此次旅行最大的感受就是,乌兹别克斯坦民众的淳朴和友善,所到之处几乎人人脸上带着平和的微笑,眼神里透着纯净与柔和,或是“say hello”,或是询问来自哪里,当得知我们来自中国,很多人都激动得和我们合影留念，我想，毕竟来此旅行的中国人少之又少。不论是普通百姓、公务人员、工作人员，还是服务人员，都发自内心地表现出一种安宁、平静的气质，或许受到宗教的影响，抑或保有古老的传统，让旅行者感受到乌兹别克斯坦较高的国民素质和国家安全系数。

跨越三个时区到乌兹别克斯坦来了一场11天的旅行，时空交错间与神秘、古老、饱含历史韵味的国家来了一次心灵的约会。虽未远隔千山万水，但依然陌生。灿烂的丝路文明，让我们了解了乌兹别克斯坦曾经的辉煌；优秀的建筑杰作，让我们见证了宗教文化的兴衰；丰富的文化遗产，留下了历史过往的印记。这里是异域风情的展示，同时也是诸多历史见证。不一样的风景、不一样的风情，不一样的感受，走进乌兹别克斯坦，感受丝路明珠的魅力。

如果我们不能相爱，至少我们可以相容；如果我们不能互相谅解，至少我们可以互相理解。

——张晓风

实用教程一：手把手教你怎么办护照

“世界那么大，我想去看看”，出境游已成为越来越多国人的选择。那么问题来了，你的护照办好了吗？不少人对护照的办理流程和所需材料还不是很清楚，别担心，我这就帮大家来梳理一下。

一、网上预约

登陆山东公安出入境政务服务网（http://www.sdcrj.com）。在首页点击“出国/往来港澳/往来台湾证件申请”“出国”，随后选择“出国证件申请”，填写“个人基本信息”“普通护照申请信息”“预约申请信息”，选择“取证方式”“是否预约申请”。“保存申请信息”后自动生成或者打印预约号。

还可登录青岛公安民生服务在线（www.qdpolice.gov.cn），或下载青岛公安出入境预约 App，或关注“山东出入境”微信公众号 sdgacrj 进行预约。

二、表格下载

回到山东公安出入境政务服务网（http://www.sdcrj.com）首页，点击“申请表格下载”，可提前将《中国公民出入境证件申请表》填写并打印出来。

三、现场办理

按预约时间携带相关材料去预约好的办理单位，如青岛市公安局出入境管理局(市南区宁夏路 272 号甲)或离你最近的其他地点办理。

所需材料：

(1)身份证。

(2)2 张 2 寸近期正面免冠彩色照片，可以在公安局指定的照相馆拍照，也可以在出入境管理处拍照，一定要拿拍照时的回执。

(3)填好《中国公民出入境证件申请表》。

外省户籍人员还需要以下材料：

(1)在社保网站打印近一年的社保证明。

(2)在青岛高校就读的大学生，需要学校出示一份正规的在校证明。

(3)配偶是青岛户籍的居民，办理时需要提供结婚证和双方的身份证、户口簿。

办理程序：

照相→领表→填表→交表→领回执→缴费→交缴费收据→领证。

办理期限：15 个工作日(可选择自取或邮寄)。

(图文整理自网络)

附录：

中国公民出入境证件申请表

(请用黑色签字笔或钢笔书写，并在相应选项内打“√”)：

<table>
<tr><td>姓名</td><td colspan="2"></td><td>拼音姓</td><td></td><td>拼音名</td><td colspan="2"></td></tr>
<tr><td>身份证号码</td><td colspan="6"></td><td rowspan="5">正面免冠半身彩色照片
大小：
40mm×30mm</td></tr>
<tr><td>性别</td><td></td><td>民族</td><td></td><td>出生日期</td><td colspan="2"></td></tr>
<tr><td>出生地</td><td colspan="2"></td><td>户口所在地</td><td colspan="3"></td></tr>
<tr><td>本人联系电话</td><td colspan="2"></td><td>紧急情况联系人及电话</td><td colspan="3"></td></tr>
<tr><td rowspan="2">普通护照</td><td colspan="6">□首次申领 □补发 □换发 □失效重新申领 □加注</td></tr>
<tr><td colspan="7">加注内容
□曾用名加注(曾用名：)
□姓名加注 (姓 名：)
□曾持照加注(曾持护照号码：)</td></tr>
</table>

（续表）

<table>
<tr><td rowspan="5">往来港澳通行证和签注</td><td colspan="5">□申请通行证：□首次申领 □补发 □换发 □失效重新申领</td><td colspan="2">□申请签注</td></tr>
<tr><td>签注种类</td><td>团队旅游(L)</td><td>个人旅游(G)</td><td>商务(S)</td><td>探亲(T)</td><td>其他(Q)</td><td>逗留(D)</td></tr>
<tr><td>往来香港签注</td><td>□3 个月一次
□3 个月二次
□1 年一次
□1 年二次</td><td>□3 个月一次
□3 个月二次
□1 年一次
□1 年二次
□1 年多次</td><td>□3 个月一次
□3 个月多次
□1 年多次</td><td>□3 个月一次
□3 个月多次
□1 年多次</td><td>□3 个月一次
□3 个月二次
□3 个月多次</td><td>多次有效</td></tr>
<tr><td>往来澳门签注</td><td>□3 个月一次
□1 年一次</td><td>□3 个月一次
□1 年一次</td><td>□3 个月一次
□3 个月多次
□1 年多次</td><td>□3 个月一次
□3 个月多次
□1 年多次</td><td>□3 个月一次
□3 个月二次
□3 个月多次</td><td>多次有效</td></tr>
<tr><td>仅探亲类签注填写</td><td colspan="6">港澳亲属姓名________，性别____，港澳身份证号码__________________，旅行证件号码__________________，与申请人关系____________。</td></tr>
<tr><td rowspan="2">往来台湾通行证和签注</td><td colspan="5">□申请通行证：□首次申领 □补发 □换发 □失效重新申领</td><td colspan="2">□申请签注</td></tr>
<tr><td colspan="7">申请事由和签注种类：
□团队旅游(□6 个月一次 □多次有效) □探亲(□6 个月一次 □多次有效)
□商　　务(□6 个月一次 □多次有效) □应邀(□6 个月一次 □多次有效)
□个人旅游 □定居 □学习 □乘务 □其他</td></tr>
<tr><td>取证方式</td><td colspan="7">□前往公安机关出入境管理部门领取 □邮寄送达</td></tr>
<tr><td rowspan="2">邮寄地址</td><td colspan="4" rowspan="2"></td><td>邮编</td><td>收件人</td><td>联系电话</td></tr>
<tr><td></td><td></td><td></td></tr>
<tr><td>监护人意见或委托他人办证</td><td colspan="7">本人系申请人的________________，□同意申请人办理出入境证件/□受申请人的委托代为办理出入境证件。

□监护人 / □被委托人　　签名：　　　　　　　　年　　月　　日</td></tr>
</table>

（续表）

<table>
<tr><td>申请人声明</td><td colspan="4">本人谨此声明：
此申请表所填内容真实正确无误，所提交的申请材料真实有效，如存在虚假情形，本人愿意承担法律责任。

申请人签名：
年 月 日</td></tr>
<tr><td>电子往来港澳通行证持证人免登记使用港澳地区自助查验通道声明</td><td colspan="4">本人谨此声明：
持证人希望免登记使用港澳地区自助查验通道，同意香港入境事务处、澳门治安警察局在口岸查验工作中读取持证人电子往来港澳通行证中的指纹模板信息。

□持证人 / □监护人 签名： 年 月 日</td></tr>
<tr><td colspan="5">◇◇◇◇◇◇ 以下栏目由公安机关出入境管理部门填写 ◇◇◇◇◇◇</td></tr>
<tr><td rowspan="3">指纹采集情况</td><td>采集指位</td><td colspan="3">右手：□拇指 □食指 □中指 □环指 □小指
左手：□拇指 □食指 □中指 □环指 □小指</td></tr>
<tr><td colspan="2">采集人签名： 年 月 日</td><td colspan="2">复核人签名： 年 月 日</td></tr>
<tr><td colspan="4">无法正常采集指纹的原因：□无法采集拇指指纹 □指纹缺失、损坏 □其他</td></tr>
<tr><td>受理意见</td><td colspan="2">受理人签名：

年 月 日</td><td colspan="2">普通护照： □同意 □不同意
往来港澳通行证和签注： □同意 □不同意
往来台湾通行证和签注： □同意 □不同意

审核人签名或签章：

年 月 日</td></tr>
<tr><td>审批签发意见</td><td colspan="4">普通护照： □同意 □不同意
往来港澳通行证和签注： □同意 □不同意
往来台湾通行证和签注： □同意 □不同意

审批人签名或签章：

年 月 日</td></tr>
</table>

公安部出入境管理局监制（监督电话 010－66266400）

实用教程二：如何开启新护照的旅行

对于刚拿到护照的小伙伴来说，“白本”护照是没有出境记录的，如果直接去欧美澳日这些发达国家，很容易被拒签。签证是出入国境必需的一种证明，最好先去一些不容易拒签的国家，在护照上增加点良好的出境记录。

一、先易后难办签证

首先，东南亚这些国家容易过关，比如马来西亚、泰国、越南、柬埔寨等。这几个国家递交资料简单，不但很少被拒签，并且消费也低，旅游环境也不错，甚至比起一些省内游的费用还低，大家不妨先去这几个国家。

然后，去日本为自己的护照增加含金量。去过东南亚这几个国家之后，护照上的出境记录也不空白了，同时你也多了一些旅行经验。这时就可以尝试去难度稍微大一点，同时签证含金量较高的国家，比如日本。

去完日本之后，就可以选择去申请申根和澳洲的签证。两者的签证难度基本一致，拒签的风险相对也比较低，特别是澳洲开放了 10 年签证，申根近年来也是不断拉低拒签率，如法国、意大利等国家更是把办理时间缩短到最快 48 小时出签。

有了日本、申根和澳洲这些签证之后，那么恭喜你，你的护照含金量已经很高了！有良好的出境记录，也有发达国家的签证，这时就可以挑战传说中最难的美国签证了。

美国签证难的原因在于：一方面申请者需要准备繁杂的资料；另一方面还要面试，而签证官刁钻的问题最让人头疼，但是，对于有以上良好出境记录和拥有其他发达国家签证的你来说，基本不会被美国签证拒之门外的。

攻下美国签证之后，恭喜你，你在签证界走上了“人生巅峰”！这时你基本可以去世界上任何一个国家而不会被拒之门外，而且拥有美签，你办理其他国家签证时，出签的时间相对会更有效率。

综上所述，正确的出境游签证攻略应该是：东南亚—日本—申根/澳洲—美国—世界各地。

二、办签证的流程和要求

准备去哪个国家旅游就去该国大使馆办理签证，也可委托旅行社办理，还可以交给万能的淘宝。各国签证要求不同，收费不同。

签证办理流程：确定签证类别→准备所需申请材料→到外国驻中国领事馆递交签证申请资料→等待→到领事馆取签证。

办签所需材料：护照有效期在6个月以上的因私护照原件、最近6个月内拍摄的两寸白底彩色近照2张（尺寸大小各国要求不同）、填写签证申请表、户口本、身份证、企业单位人员提供营业执照副本的A4纸复印件、事业单位人员提供组织机构代码证的A4纸复印件，提供单位准假信，旅游日程，往返机票，酒店订单，财产证明。

申请人需提供具有单独旅行经济能力的证明文件（最近6个月内的信用卡账单，能确认最近6个月内存取款情况的存折复印件，车辆、房产的所有证明，银行存款证明，收入证明，纳税证明中的任意1项）。学生可以由父母提供经济证明，使用父母的证明文件，必须提供全家户口本复印件。所谓财产证明，就是证明你在中国过得很好，不需要移民。

总之，让签证官看到关于你的信息越多，成功签证的概率也越大。

（图文整理自网络）

科普时间：

相互免签：不需要签证。在边境只要出示你的护照，就可以进入该国。

有条件免签：根据不同国家规定，持有效申根或美签可免签进入该国旅游。

团队免签：由中国旅游管理部门批准的具有组织出境旅游资质的旅行社组团赴留自助旅游、家庭旅游或跟团游，可免签证入境。

落地签：就是该国在机场或者码头设立签证窗口，可以到达该国边境以后，提交相关材料，当场申请签证。如果未能按照规定提供相关材料的，可以不发给签证，只能原机/原船返回。

实用教程三:如何做好一份自助游攻略

想要说走就走的旅行?生活可没有那么简单。

去哪儿玩?机票怎么订?酒店怎么订?交通怎么办?逛哪些景点?吃什么?去之前要准备什么东西?自由行菜鸟第一次做攻略的时候简直是全程发懵,看着简单,做起来真的是很难。

一、确定目的地

可能是被朋友推荐了一下,可能是看了一篇很棒的游记,可能你心里一直有一个梦想之地,又或者凑巧有几天假想出去玩。总之,有个地方出现在你脑子里了,接下来怎么办?

首先,你应该查看地图,选择要去的几个地方,了解目的地主要景点及其亮点。其次,依据它们在地图上的排列,安排好旅行顺序。然后,还要知道当地的社会治安状况,以及大体的签证政策。可以多参考一下别人的行程,结合自己的情况进行取舍。

拿日本举例,首先决定"我要去哪一块地方?"然后你会去查这些地方有什么好玩的,你会知道:关东(购物和二次元)、关西(寺庙和日本古风)、九州(铁道和温泉)、北海道(看小镇、看花看雪、美食)、冲绳(看海度假),根据自己的喜好、季节还有预算，定下出行目的地。

如果碰到意大利这种一玩就玩一圈的，你会查一般人去这个地方都去哪里，罗马（建筑艺术历史）、米兰（建筑和购物）、佛罗伦萨（文艺范儿）、威尼斯（观光）、那不勒斯（艺术和美食）。还有冷门的五渔村（看小镇）、阿玛菲海岸（度假）、西西里岛（电影古风）……你会判断出，哪里我想去，哪里无所谓。然后你看看意大利地图，这些地方都在哪里，怎样走比较顺，可以排出来：罗马—佛罗伦萨—比萨斜塔—威尼斯—米兰—罗马，一个大体路线就出来了。

二、做行程计划

这一步，主要是明确出行日期、白天玩哪儿、晚上住哪儿以及城际交通，这个过程中经常性地会有选点变动，整体推翻先前的计划都是常有的事，所以在做这一部分内容的时候要花费很长时间。

(1)每个地点你停留的时间是多久；

(2)从一个地点到下一个地点使用什么交通工具需要提前了解，花费多少时间（时间尽可能留有空余，以防万一）；

(3)如遇突发情况应如何临时更改行程，更改线路；

(4)思考在行程中，酒店是选离机场近的还是离地铁近的还是离景点近的；

(5)行程中有没有特别想去的餐厅或者在路边随意找一家店；

(6)当地天气如何，慎选地点（比如雨天可以安排博物馆、美术馆等室内景点）；

这些问题都是确定一趟行程需要考虑的问题。

如果喜欢悠闲自在的旅程，可以根据交通选择 1～2 个地点游玩；如果喜欢不紧不慢地游玩，可以选择 3～4 个景点；如果你就是喜欢赶景点打卡，那可以排上 5～6 个，这个时候便要注意你的空余时间是否足够了。

推荐一个可以 DIY 旅行计划的行程工具——穷游行程助手，可以选择自己要去的旅行目的地，将景点、酒店、交通等信息添加到行程，分分钟就能搞定一份漂亮行程。还会为你智能规划全程线路最短，针对行程推荐周边的景点和餐厅，可以导出 PDF 详细行程单和 EXCEL 送签专用行程单，也可以在 App 中直接修改、查看，非常方便。

三、关于预订那些事儿

根据确定好的行程便可以开始预订景点门票、酒店了。

有些景点不是你想看就能看的，欧洲、美国、日本等国家有些景点必须提前预约门票才能够观看。有些景点开放的时间只有几个月，甚至有些景点还限定了人数，所以预订景点门票就很有必要。预订好景点门票后，记得留心一下景点的开放时间、可以到达的交通方式之类的问题。

四、必备物品

除了证件、现金、银行卡这类必需品之外，还有许多需要准备。

(1)充电宝！充电宝！充电宝！不管是导航、查地图、付账等，都需要用到手机，这时候手机没有电绝对不行！

(2)伞、衣服。不用说，跟着天气走！为了旅途拍照好看买点新衣服。

(3)洗漱用品(牙刷、牙膏、毛巾、拖鞋等)。不是每个酒店都会备齐洗漱用品的，所以最好自己准备。

(4)如需要，提前购买当地电话卡或租用随身 wifi。

(5)打印预定单，重要证件和收据复印留档，如果租车，驾照提早公证并翻译。

(6)加载一份第一个城市的离线地图。

最后强调一句：攻略只是一个框架，行程中肯定会遇见意料之外的情况。计划是要留有空余的，不存在完美的计划，遇事灵活应对即可。

(图文整理自网络)

实用教程四：出境游怎么买机票最划算

一次出境游的花销中，机票和酒店分别要占1/3左右，而只要你愿意花点心思在上面，这两项又是最可能省下钱的项目。订机票是门学问，订得好与不好，可能同一个航班会差出几千块。用穷游的钱走轻奢的路，实现高性价比的品质旅行，何乐而不为呢？

何谓便宜的机票？非淡季时段，国内出发，优质航司非廉航，直飞或合适的转机时间，含税往返价欧洲航线4000、澳新4000、美国4000、东南亚1000。淡季时段经常会遇到澳新2000～3000、欧洲3000甚至2000多的，或者是出行时间紧迫的超便宜甩票，说走就走……

攻略一：提前订票

提早预订机票可是重中之重！一般来说，旺季时段出行的，最好提前半年以上开始关注；非旺季时段出行的，可以提前三四个月；淡季时段出行的，留足时间预订酒店、办理签证就可以了。

攻略二：选对工具

推荐两款特价机票搜索软件：天巡 tianxun.com，Momondo momondo.com.cn。确定目的地后，通过搜索引擎就可以知道大概有什么航空公司经营这条航线，找到时间票价都合适的，再移步到航空公司的官方网站去进行最后一步买票。

攻略三：选对起飞时间

通常，清晨或夜间的航班价格会有很大折扣。还应该避开商务旅行需求大的周一和周五，相对来说周三、周二需求较少，机票也会相对便宜。尽量选择非旺季出行，价格会相差好几倍。

攻略四：往返机票同时订

如果你能确定回程日期，不妨同时购买往返机票，相比购买两张单程机票会便宜不少。

攻略五：往返程尽量选择同一航空公司

选择同一航空公司的好处是：如果中转航班因前一程航班延误，造成后一程航班误机，可自动改签到最近的一个后续航班上。但如果选择了不同的航空公司，后程航班的误机损失，只能自己承担。

攻略六：关注航空公司网站

各大航空公司会时常在官网上放出部分打折机票。因此，当你确定了一次旅行计划之后，应时常登录官网查看票价情况。各大航空公司都有自己的会员日，这一天可以刷到全网最低价的机票。

攻略七：手机 App 有更多促销活动

现在航空公司竞争白热化，航空公司还在推广 App 的过程中，所以航空公司网站和手机 App 订票时，App 上往往会遇到一些专属的促销活动。

攻略八：出行人数达到 10 人，考虑团体机票

如果出行人数达到 10 人，可以提前申请团体机票，各航空公司根据当时航班的销售情况以及团队人数安排确认折扣舱位和优惠票价。办理登机手续时，可以走团队通道，方便快捷。

（图文整理自网络）

实用教程五：订酒店实用省钱方法

出门旅行，住宿是个大花费。既要住得干净舒适，还要确保安全经济。如何找到最佳的价格，实现最大的效益化，是一个旅行者所要思考的事。在此整合一些旅游达人住酒店的省钱方法，让你住得舒服又少花钱。

一、怎样选择酒店的位置

选择酒店地理位置的时候，要考虑两点因素：一是你是否租车自驾，二是你要去哪个国家旅行。

如果租车自驾，可以优先选择郊区度假酒店。市中心的酒店一般都会比较贵，房间也比较小，因为寸土寸金，地价和楼盘都很贵。同级别酒店中，郊区度假酒店的价格相对便宜一些，周围风景好，房间面积大，配套设施齐全（健身房、游泳池、花园等），另外停车位也会非常充足。

如果不租车自驾，那么在城市中就要搭乘公共交通或者步行，这时候酒店的地理位置就非常重要了。预订的时候，就要参考你是在哪个国家旅行。如果在东南亚、日韩旅行，最好选择市中心的酒店，交通便捷，城市较小，景点也相对集中，不过价格也会比较贵。如果在美国、加拿大、澳大利亚这些地广人稀的国家旅行，最好是选择景点或公交枢纽附近。如果是在欧洲旅行，与亚洲或者北美又有所不同了，欧洲的城市之间主要是火车通勤，一般来说城市面积都很小，所以预订酒店可以选择在火车站附近，火车站就是公交枢纽，连接着地铁和各种线路的公交车，去各个景点都很便捷。

二、在哪儿预订酒店

大部分酒店的门市价，都要比网上订房价贵出30%左右，门市价订房是不可取的。如果能提前在网上货比三家之后，进行预订，还是能省下不少银子的。

推荐三个国外酒店、民宿预订网站：

1. 缤客网 Booking：www.booking.com

booking的总部在荷兰阿姆斯特丹，其房源分布广，欧洲、日本、东南亚都有涉足，从奢华酒店、经济型小旅馆到公寓类短租房源一应俱全，既有机场火车站这些交通枢纽周边的酒店，也有主要景点附近的，甚至偏远一些的地方也都能够覆盖。选定了酒店，只要用信用卡担保即可，无须直接支付。还没办签证、行程不确定都可以在规定时间内，通常是入住日前 3 天取消即可。

2. 安可达 Agoda：www.agoda.com

Agoda 的总部在泰国，东南亚、日本、韩国的酒店相对较多且较有优势。但要注意的是，Agoda 网站上刚出来的报价是未含“税＋服务费”的，是否含早餐也未说明。预订信息填完后才出现的总价。因此，在 Agoda 预订时，一要注意比较总价（包含税与服务费），另外比较支付哪种币种最划算。Agoda 过去是需要提前预付的，现在出了一个延时付款的功能，可以到入住前 3 天再在网上支付房费。这点还比较人性化。

3. 爱彼迎 Airbnb：https://zh.airbnb.com/

Airbnb 的总部在美国加州旧金山市，是一家民宿、短租类网站。住在民宿的好处就是可以更加深入地了解当地人生活和当地的风土人情。需要注意的是，一些热门房源的业主都采用严格退订政策，也就是说万一需要取消订单的话，要承担部分或者全部的房费损失。

三、预订酒店的省钱方法

1. 最好在淡季出去玩

学会选择合适的出行时间很重要。首先最好避免旺季高峰，因为酒店行业规则是都会分淡季价格和旺季价格。在淡季价格的基础上，由于游客相对较少，也比较容易和酒店谈一些其他的优惠，如餐饮的折扣、赠送的其他消费券等，总结下来费用降低不少。

2. 酒店本身的优惠

现在很多星级酒店、经济酒店对预付款、提前预订或连住的客人推出相应优惠；一般也会鼓励客人注册为会员，推出会员订酒店直接返现、消费券返现、积分兑换等活动。

3. 越早订越便宜

订酒店不像机票，有时赶上航空公司大促，都可以买到便宜机票。酒店是雷打不动，一般越靠近出行日期就越贵，而且对于一些热门旅游目的地，最可怕的是订不到房。

4. 尾单特卖

酒店也有尾单特卖的模式，因为酒店房间如果当天卖不出去的话，效用就过期了。

四、国外酒店住宿注意事项

(1)预订酒店后,将相关信息保存打印出来,有时候入境时需要酒店预订证明;将酒店的名称、地址和电话抄写在2～3张纸条上,并分开存放,以备不时之需。

(2)国外酒店大部分不提供牙膏、牙刷、梳子、拖鞋、剃须刀等个人物品,游客需要自行准备。

(3)大部分国家的电压和插头与国内不同,最好提前准备转换插头。

(4)国外酒店住宿会分吸烟和不吸烟房间,入住之前请先了解清楚。

(5)国外酒店客房内的电话拨打外线收费比较昂贵,还是在当地购买电话卡比较划算。

(6)美国、日本、澳大利亚、欧洲大部分国家的自来水可直接饮用,一般房间内没有电热水壶;而东南亚、非洲等国家的自来水不可直接饮用,也不提供电热水壶;游客可到前台租借或者自带小的电热水杯,或者购买饮用水。

(7)关于小费:亚洲国家一般不需要给小费,像在日本、韩国、新加坡给小费反而会被认为是无礼的行为;泰国,必须付小费,给20～30泰铢即可,合人民币4～5元,不过要记住千万不能给硬币,因为在泰国旅游,硬币是给乞丐的,别人会觉得你对他不尊敬;印度,不给小费可能会被强迫索要,若每件行李若需要搬抬要给50卢比(7元人民币),每天则要给客房服务生200卢比的小费(28元人民币),放在床头就可以了;在土耳其,如果你听到人家跟你说"Bakschisch",意思就是让你给小费,如果一点小费都不给被视为不懂礼貌。

一般来说欧洲国家没有强制要求一定要给小费,因为服务费往往已经算在了你的费用中,如餐费等。

美国、加拿大、非洲都需要给,一般需要给小费的人员是行李员、清洁人员、餐厅员工,视情况给前台小费。

(8)紧急出口和逃生路线:出境旅游入住时很容易忽略,但这也是一个很重要的事情,需要好好确认。酒店的房间内一定会有标出了紧急出口和逃生路线的地图。虽然在实际生活中很少有机会能用得上,但还是及时注意确认一下,以备不时之需吧。

(图文整理自网络)

实用教程六:如何兑换外币

出国旅行,没有当地货币怎么行?那么,如何解决当务之急呢?在国外可以去哪儿换钱?怎么兑换才最划算?换多少合适?这份外币兑换攻略,赶紧收好,出国一定能用上。

一、兑换外币的五个技巧

技巧一:能在国内银行换就不到别处换

外币兑换第一原则:能在国内银行换就提前换。因为在国内的银行换,汇率是最划算的!在国内国外机场、兑换点,或是 ATM 机换取外币,都会有多多少少汇率差!所以说如果时间充分,就先提前在银行换好。

技巧二:外币兑换现金不宜过多

旅游购物主要以刷卡为主,现金主要用来支出交通、小吃等费用。因此建议少换些外币,如果去的是东南亚国家,兑换 5000 元人民币的等值外币即可。而且如果兑换的外币没有用完,回国后再兑换回人民币,以美元为例,将会造成 1.2%左右的损失。

中国海关规定,每人可以携带不超过 2 万元人民币或 5000 美元的等值外币出境。如果超过限额,必须在出境前向中国海关申报。通常 5000 美元的数额,已经可以满足旅游时的大部分需求,其余消费刷卡即可。

技巧三:出行前一两周兑换最合适

什么时候换汇最合适?在出行前一两周兑换最为合适。最忌讳的是提前一两天去兑换,因为很多银行换外币都需要提前预约,而且也未必刚好去到那天就能有。

技巧四:美元可作为小币种中转货币

如果你要兑换的是小币种,像越南盾、缅元等东南亚币种,在国内银行都无法直接兑换,怎么办?这时候可以先将人民币兑换成美元,再去当地兑换成当地币种。因为美元作为流通货币,各个国家都会认可,且美元的汇率较为稳定,在国内兑换美元,较国外兑换美元在利率上更加优惠。

技巧五:刷卡消费可减少手续费

在换汇之前,除了关注汇率,也要先弄清楚是否有手续费。如果有,就选择刷卡消费,这样能减少手续费用。

目前不少银行都推出了面向出境游的人民币和美元双币种信用卡,当选择非美元结算国家旅游时,刷卡则以当地货币来结算,而在信用卡还款单显示为美元记账,回国后可用美元或去开户银行用人民币兑汇偿还账单。

但要注意的是,在国外最好使用自己名下的信用卡,并在背后签好字,因为大多情况下,比起信用卡密码,店家更认可本人签名。

二、在哪里可以兑换外币

国内

目前国内四大行:中、农、工、建都可以兑换外币。其中中国银行能兑换的币种最多,包括英镑、美元、瑞士法郎、新加坡元、瑞典克朗、丹麦克朗、挪威克朗、日元、加拿大元、澳大利亚元、欧元、澳门元、菲律宾比索、泰国铢、新西兰元、韩元等。

其他银行如招商银行、交通银行等也可以办理。招行、交行的信用卡如果有3万的人民币额度,那就有等额的美元可以提取。

此外,并不是所有的银行营业厅都能办理兑换外币业务。某些城市只有特定营业厅能兑换外币,需提前打电话咨询。外币兑换的手续并不复杂,在预约了之后,持本人有效身份证件、填写相关单据、交付现钞即可办理。

国外

如果来不及在国内事先换好,就只能选择到境外再换。国外的机场、酒店、外币兑换点、银行、部分柜员机都能兑换或提取当地货币,只是汇率上差别很大。

1. 外币兑换点

这些兑换点遍布在市中心的街道、商场和繁华地区,营业时间较长,有些还是24小时的,兑换起来非常方便。不过各家门店的汇率不太相同。

2. ATM

国外的ATM取现汇,手续费还算可以,不会高得离谱,银行一般都控制在一个合理范围内。所以如果兑换点汇率太低,那就到ATM机取。目前,华夏银行"6字头"借记卡可在境外有银联表示的ATM机上取现,每日第一笔免费。

3. 机场、酒店

机场、酒店兑换汇率都很低,还可能收取高额手续费。如果实在迫不得已需要在这里应急兑换的话，尽量多转一转机场，往往角落里不那么显眼好找的换汇窗口会优惠一点。

4. 导游处

如果你是跟团出去旅游，那么你的带队导游也能帮你换外币。通常情况下，他们会额外加收一点费用。

三、兑换外币注意事项

(1)在国内银行记得带身份证。

(2)每人每年只有 5 万美元的兑换额度。根据国家外汇管理局的规定，年度个人购汇便利额度为 5 万美元总额，每日取现上限为 1 万美元。如果当日提现超过 1 万美元，需要提供提现证明，去外管局申报。

(3)冷门外币记得预约。迪拜的迪拉姆、菲律宾的比索、俄罗斯卢布、土耳其里拉、瑞士法郎、丹麦克朗，这些国家虽然都是旅游热门地，但货币相对冷门，无论兑换金额大小，一定要提前预约。

四、各国换汇小贴士

(1)泰国：在有银联标志或泰国关联银行的 ATM 机上，可直接以银行卡提取泰铢，其他没有这两类标志的 ATM 机也可以去试一下。需注意 ATM 机存款余额是显示按当时中国银联的外汇牌价计算出的泰铢金额，而不是人民币余额。

(2)日本：在日本当地兑换通常手续费都比较高，最好在国内换好。在日本，标有“両替商”的银行或邮局都可以兑换，交易前要确认好汇率和有无手续费。且像日币、韩币这类面额较大的币种，如果没用完，回到国内兑换成人民币时，硬币是不予兑换的。

(3)东南亚：一般来说在东南亚人民币是可以直接兑换的，但是兑换美元的地点可能更多。在东南亚国家兑换货币的场所通常有银行、酒店、找换店、有些导游也提供货币兑换，不同地点汇率是不同的。

(4)欧洲、澳洲：人民币在欧洲和澳洲是无法直接兑换的，最好是能兑换成美元，然后再去银行或者外币点兑换。

（图文整理自网络）

实用教程七：老司机带你境外租车自驾游

人在旅途，想要更多自由，想看更多风景，租车自驾是绝佳方式，甚至还可以体验一下平日里不会开的跑车、房车等多种车型。本文综合整理了资深境外自驾游老司机的多年经验，总结出一份境外租车自驾终极攻略，看完这篇攻略文字，你会发现，其实说走就走也没有那么难！

不管去哪个国家租车，基本流程都是：上租车网站──→选择提车还车日期、地点──→选车型、比价格──→选保险──→交钱。

一、材料准备

除了出国旅游所必需的护照、签证等证件以外，租车旅游还要准备：

(1)驾照：美国、加拿大、欧洲、澳大利亚和新西兰等国家的租车网点接受中国驾驶证，但需要与中国驾驶证英文公证书同时使用(法国需是法文的)。中国驾驶证的公证事宜可在户口所在地的公证处/机关办理。申请公证一般需要一周时间，费用各地不等，在150～400元之间。因此，出境只要带上中国驾照原本和公证处的翻译件即可。

其中，道乐租车公司对中国区会员提供预订车辆时免费制作中国驾照英文翻译件，用户无须去当地公证机关开具公证件，租车时翻译件与中文驾照一起出示使用即可。而如果是选择安飞士国际租车前往美国、法国，只需要下载其提供的自主翻译模板，翻译并打印，也无须进行公证，在当地取车时出示就行。此外，赫兹多数门店都接受中国驾照公证书，且公证书的有效期与驾照一致，一般为五到六年，且公证一次可多国多次使用。

(2)国际信用卡：在预定的过程中，国际信用卡是国际租车旅游的前提条件，就像押金是国内租车的必要条件一样。在境外租车，通常是不需要缴纳高额押金的，只需用信用卡支付租车费用而已。

二、选择租车公司

选择租车公司因人而异。

如果你对当地的情况很熟悉,或者有亲朋好友陪同,可以选择当地一些小型租车公司。因为在国外自驾游很发达,租车机构也相当普及,小型租车公司相对来说更便宜一些。

但如果你是初次去旅游,考虑到方便和安全,建议还是选择连锁网点较多、服务信誉好的大公司,并且大公司有更多车型可供挑选,车辆都比较新,车况也都比较好,或许价格会贵一些,但各方面的保障措施尤其是在道路救援方面会更加全面完善,而且他们通常在机场都设有门店提供最便捷快速的服务,醒目的LOGO是不会让你错过它的。

你可以登录各租车网站了解各车型组的价格信息,查询是否有特别优惠活动,目的地租车门店的分布是否方便取车。在预定的过程中,国际信用卡是国际租车旅游的前提条件。在境外租车通常不需要缴纳高额押金,只需通过信用卡预授权就可以提车,还车时再支付租车费用。此外,承租人必须满足各国际租车年龄、程序和信用方面的要求。驾车者的最低年龄因具体的地点而定,不过很多国家规定租车人最低年龄为25岁。如果年龄在21～25岁之间,可能会被要求支付额外的低年龄附加费。

小贴士:境外著名租车公司

赫兹国际租车公司(Hertz):成立于1918年,总部设在美国新泽西。提供以方便客户为主要目的的驾驶说明书、先进的车载导航系统。只要在网站上输入具体的出游时间和目的地,就能方便地获得最理想的车型、租赁时间以及全套建议。

安飞士汽车租赁(Avis):成立于1946年,总部在美国底特律,是第一家设置在机场的汽车租赁公司。安飞士以特殊服务和特殊设备为主的优质服务,如:优先服务、关照计划、管家服务、救援服务、导航计划、儿童安全椅、白天开启灯、无烟车辆、卫星导航等。

欧洲汽车(Europcar):1949年成立,总部在法国巴黎,以欧洲为主。最主要的优势是强有力的预订系统。

巴基特(Budget):以特许经营为主,业务主要集中在机场服务,美国境内70%的业务在机场发生。

其实,海外租车平台并不适宜国人使用,一来时差是个问题,二来由于语言不通,容易陷入不必要的麻烦。强烈推荐使用国内的境外租车平台,无论是国家覆盖、车型丰富度,还是售前售后,都已经做得很到位,既方便又权威,让境外租车自驾游越来越简单。

小贴士:国内提供海外租车业务的网站

租租车:专为国人打造,已陪伴1000万用户无忧自驾。覆盖全球200个国家、10万多家门店,提供免费中文导航、国际驾照翻译认证件,境外租车保险、景点门票、海外房车等多种服务。

惠租车：致力于更好地满足国人出境自驾需求，是业内首家完全以国人视角精心打造的全球租车搜索比价网站。目前已覆盖近200个国家，5000多个城市，50000多个门店。

携程租车：携程旅行网提供自驾租车，覆盖全球200个国家/地区、8000多个城市、500万台车、8万家门店。

飞猪租车：全球覆盖广，处处有车行。800家车行，200个国家，5万个门店，70万辆车，总有一款适合你。

三、车型选择

选好租车公司后，就要根据出游的人数和路线量体裁衣，确定租用的车型。小轿车、商务车还是越野车？路况复杂、有山路当然适合越野车；路况较好、风景宜人，例如海滨路线可以选择浪漫的敞篷跑车；人数较多或者行李较多，建议选择车容量较大的商务车；大多在道路较窄的城市或者小镇，则更适合紧凑型轿车。

四、订车细则

租赁合同要点：

(1)租车人具体信息，包括姓名、驾驶证号码。

(2)取车、还车的时间、地点。

(3)车型信息。

(4)保险：租车公司，如赫兹及安飞士等，租车费用已包括基本的第三者保险。如果是从中国预订的车辆的价格，大多数已经包含第三者责任险、车辆碰撞和盗抢险。乘客可根据需要购买高额度的第三者保险、事故险、财产险以及不计免赔险(有些欧洲和大洋洲国家有免赔额)。

五、取车

(1)确认取车地点。你可以选择在机场，或者事先约定好的任何地点取车。

(2)确认取车凭证。取车时提供网上预订单据、护照和驾照以及相关公证件即可。

(3)确认车辆。如果提前预订的车型已经租完，租车公司一般会为你升级车辆。如果可能，最好租柴油车，油耗少，而且便宜，取车时一定要仔细确认自己所取车型的用油种类，尤其是由于各种原因更换了预订车型时。如果你对目的地国家的路况不是很了解，建议在到达以后，尽量要避免即刻开始长途驾车旅行，需要慢慢熟悉汽车的大灯、雨刷、危险报警灯、加热器以及其他的控制装置。上路前，一定要了解这些装置所在的位置以及如何使用。

六、驾车

开车上路前，一定要尽量多熟悉当地的交通法规以及常用的道路标识。

(1)确认目的地是右舵车还是左舵车。右舵车(在马路的左侧驾驶)的国家包括新加坡、马来西亚、澳大利亚、新西兰、英国、日本。左舵车(在马路右侧驾驶)的国家包括加拿大、美国、法国、德国、意大利、荷兰、西班牙和瑞士等。

(2)要事先了解一些道路标志常识。例如，贯穿墨尔本整个城市，都有“公交车道”(fairway)，在这些路上都有黄线和公交车道的标志。在有些时段，公交车有在这种道路行驶的优先权，其他车辆都得给公交车让路。再例如：有些公路或高速公路上的车道，车上至少要有三个人以上才可以上，要注意看路标。在美国，高速公路上左右都有可能有出口。

(3)在其他国家，一定要注意交通法规的特别规定。如在芬兰，无论在任何时间、任何天气和任何地方，所有的车辆在行驶时都必须打开车灯。行驶中的私家车内的所有乘客必须系安全带，包括后排，婴幼儿必须使用安全座椅，否则会重罚。芬兰的野外到处都有麋鹿，北方的拉普兰地区还有不少野生的驯鹿。因为迁徙，这些麋鹿或驯鹿会经常横过公路。这种警告指示牌会大概指明驯鹿可能出没的范围。一头成年的驯鹿体重可以高达500～600千克，若在行车途中与其相撞是相当危险的。同样的问题在澳大利亚、新西兰等地也会遇到，并且很多动物是受保护的。

七、停车

停车收费的情况，各个国家和地区，不同的停车场所都是不一样的。例如，在德国停车大都是免费的，其他国家大多需要收费，动辄3.5～4欧元/小时，而且车位难找，奥地利停车最便宜，一般0.8欧元/小时。但也有一些停车场是不收费的，如高速公路边上的简易停车场，周末、节假日马路边上都是不收费的。当然，价格也有时段的优惠，通常在晚间9:00到次日早晨7:00都是免费的。

旅游发展比较成熟的地点，收费停车区的标志一般比较明确。在芬兰，停车限制十分严格，车必须停在顺行方向，且至少在斑马线5米以外。大部分城市有计时停车区域。在无计时器的停车处，可在加油站获取停车票，并将票据摆放在前挡风玻璃处。

一般旅游公路的短暂停车也是有详细规定的。在美国，加州一号公路是最美的旅游公路，从洛杉矶向旧金山，沿着美国西海岸北行，左边俯望太平洋，右边是陡峭的崖壁或披着金色草垫的山坡，一路有着无数的观景点，驾车人可以随时停在专设的 Turnout 地区享受美景。

另外，欧洲等国家停车位很小的情况，需要有较高的泊车技术。在到达旅游景区后，要将车停到停车场或指定地点顺序停放，熄火后拉紧手刹挂上挡。最好将车头调向利于游玩后出走的方向，以免走时车多移不出来。也有些情况比较特殊，尼泊尔很少正式的停车场，大部分时候会在沿路看到很多汽车在山路边的某一块较大块平地上停放，只要照做就是，而且租车所附带的司机会安排这一切，不需客人操心。

八、还车

租车的还车过程中，一切手续都非常简便。租车公司检查车况、收回钥匙，结清相关费用即可。最需要注意的问题就是油费的结算。目前通用的油费支付方式主要有三种：一是还车前自行将油箱加满；二是将未加满油的车开回租车公司门市，并向其支付未满部分的油费；三是在使用车辆前预付一整桶油的钱。建议选择第一种方法。第二种方式租车公司除了汽油本身的钱还会追加服务费，而第三种方式租车公司也可能收取一定的服务费，剩在油箱里未用的那部分汽油的钱，汽车租赁公司是不退的。不同地点的油价也有很大差别，比如，机场附近加油站价格较贵，小城镇价格较贵等。

（图文整理自网络）

实用教程八：各国退税实用指南，血拼省钱必备

好不容易出国玩一趟，国外品牌样式多，折扣低，不买都觉得吃亏，满满地拎着大包小包准备回国，这时千万别忘了海外购物的一大福利——退税。有了退税，就相当于享受购物折上折。

一、什么是购物退税？

购物退税，顾名思义就是退还商品缴纳的税款，退税额一般是商品价格的15%～16%，有些已打折的商品可能会更低，相当于“折上再返现”，金额十分可观。

但不是所有的商品和游客都可享受退税政策，有一定的条件，留学生和15岁及以下的未成年人是不能享受退税政策的。

哪些商品可以退税	哪些商品不能退税	不能享受退税的人
♦ 在标有退税标识的商店所购的商品 ♦ 还未开封使用 ♦ 在购买后规定期限内 ♦ 以行李方式带出境	不同国家的规定不同，一般而言酒类、烟草、军火等不可以退税。	♦ 留学生 ♦ 15 岁及以下未成年人 ♦ 拥有长期居留权的人

以下是目前市场上常见的退税标志，认准它们，记得及时退税。

如果你不能确定，就买的时候问一句："can I get tax refund?"

需要注意的是许多国家有"可享受退税最低金额"（各国不一样）的规定，就是说在同一天、同一个商店购物的金额必须超过这个限度才有资格退税。

二、购物退税流程

1. 购物

看商场门口或收银台处是否有退税（tax free）标志，或直接询问店员能否退税。购买的物品需达到最低退税限额。担心一人购买力不够，可考虑和同行者凑单。

付款时向商家询问退税单，拿走慢慢填或当场填。需要填写个人具体信息（邮箱、地址等）、勾选退税形式（信用卡、现金或者其他），在签名处手写签名。

2. 海关盖章

这一步非常重要——海关盖章，妥善保管好未经使用的货物和票据原样，以备检查。

另外，不同交通方式所对应的海关办公点不同，大家可以提前了解一下：

（1）乘坐飞机离开，建议多预留 1 个小时在机场海关处办理退税，否则为了办理退税而赶不上飞机就亏大了。

（2）乘坐火车或轮船离开，可主动联系车上或船上海关人员进行盖章。

（3）乘坐汽车离开，需要在边境处海关办公室盖退税章。

3. 申领退税

出示你填写完整且盖过章的退税申请表，以获得现金或信用卡退税。

三、购物退税方式

1. 现金退税

（1）机场的退税专柜。在离境机场盖完章→前往指定退税点领取现金（有手续费）。但不是所有的退税单都能够现金退税，具体情况可咨询各大退税公司。

（2）商场的退税专柜。索要并填写退税单→去商场内的专门柜台领取税金（一般是当地货币，有手续费）→以信用卡做担保→在离境机场海关盖章→将海关盖章的退税单寄回商家(若三个月内未寄回,将从担保信用卡中重新扣除税金)。一般而言,只有大型商场才享受在商场内退税,如法国的老佛爷百货公司。

2. 信用卡退税

在退税单上勾选信用卡退税→填写卡号等信息→在离境机场海关处盖章→退税单、票据等放入退税专用信封→投入机场邮筒→等待。4 到 6 周税金退回信用卡账户,没有手续费。但缺点在于等待时间较长,还有可能遇到信丢失或其他原因无法退钱……

3. 支付宝退税

在退税单上勾选支付宝退税→填写绑定的手机号→前往离境机场海关处盖章→将盖完章的退税单投入相应退税公司的收集箱→等待退款。不需要手续费,而且相较于信用卡退税,支付宝的退税时间缩短,还可以在支付宝上查看退款到账情况。

四、主要旅游目的国购物退税规定

韩国

在韩国购物需要一次购买总值 5 万韩元以上的商品,并在购买商品后的 3 个月内携带出韩国,可申请退还附加税、特别消费税及防卫税,20 日内将退税金额汇寄给顾客。另外,游客如需将所购商品邮寄回国,需向海关出示邮寄的收据证明,邮寄所需手续费,则在买主的退还款项中扣除。

日本

日本机场不办理退税事宜,只在大型商场或者百货公司才可以享受退税,部分商场达到一定的金额才可以退税。日本同一家百货公司一天内购物满 1 万日元以上,可凭护照与收据,在该百货公司退税 8%。

泰国

泰国消费额越高,退税幅度越大。购物必须额外加 10%的税,退税金额因要扣除手续费,因此是退 8%~9%。申请退税的商品总值必须不少于 5000 泰铢,而每家商场购物消费最少要 2000 泰铢,所购商品须于购买后的 60 天内携带出境。

新加坡

购买超过300新元的产品可以申请退税。购物时出示护照，商店会给顾客一张免税购物发票，拿着发票可以在新加坡机场办理退税手续。旅客可以在樟宜机场的每一个航站楼使用自动退税机器，按照指示刷相关的退税单据就可以了，然后拿着机器回单去旁边银行窗口领钱，同样可以选择现金或者退到信用卡。

澳大利亚

在澳大利亚，旅客如果在同一家商店购物满300澳元以上，要向商家索取税单证明，并在离境时于出境海关办理退税。办理退税时，旅客除了需出示商店开具的税单、护照与登机证外，还要将购买的商品随身携带以供检查。退税金额低于200澳元，可当场领取现金；超过200澳元时，则将透过支票、信用卡或澳大利亚银行户头办理退还。

澳大利亚有一个非常简便好用的退税App——TRS，在拿到商家出具的退税单后可以先在App中上传退税单，可以节约在退税柜台排队的时间。

俄罗斯

自2012年新年开始，莫斯科、圣彼得堡将首先实施退税服务，稍晚些实施该服务的还包括黑海沿岸城市索契。包含在退税目录上的商品有俄罗斯套娃、艺术品、鱼子酱等食品、衣服、鞋子、电子产品等，免税的最低购物金额为1万卢布。商店里享受退税服务的商品将增设退税标识，外国游客在购买商品时出示护照，售货员根据护照填写乘客报关单。游客在机场同时出示报关单和商品，加盖专门的海关标识，并放进专门的免税箱里。钱款将3个月之内退还到游客银行账户或将支票寄至游客所留地址。

欧盟国家

不同地方退税金额的幅度不同，但都要求同一天在同一家商店内的购物金额达到或超过一定金额，如德国购物数额最少为25欧元，法国最少为175欧元。应注意的是，法国有些商店如老佛爷退税金额为12％，一些化妆品店退税金额为16％；德国大多数商店退税金额为16％。欧盟国家可以在出境国统一办理退税。

欧盟国家中目前退税最慢的是法国戴高乐机场，所以大家在法国购物需要退税的话，请务必提前预留至少三小时，以免耽误了你的行程和产生损失。欧盟国家中，葡萄牙是目前买东西最便宜的地方之一，不但提供10％购物折扣，同时还可以再进行退税。

部分欧盟国家	在同一家店的 1 天最低购买额	退税率
法国	175 欧元	12%
德国	25 欧元	14.5%
意大利	154.94 欧元	15.5%
西班牙	90.16 欧元	15.7%
葡萄牙	52.87～60.85 欧元	6%～22%

英国

在英国买奢侈品、首饰、手表有特制的退税单，这类退税单一般出现在金银首饰连锁店、名牌手表专卖店、奢侈品专卖店；由销售商根据税务部门的要求自己印制，在退税环节上一般是要求客户在机场退税窗口由海关工作人员盖章后寄回经销商，由经销商将退税金额打回你购物时使用的信用卡上。如果觉得麻烦，可以提前向海关申明我需要现金及时退税，某些退税产品可以在机场交定额服务费（大概每笔 10 镑）后现场退税，免得麻烦。

美国

美国是联邦国家，各州有各州的税收政策，除了在免税店直接购买，是没有国家级别的游客退税政策的。在美国旅游业发达的纽约州、加利福尼亚州、佛罗里达州和夏威夷州，没有退销售税的说法。只有两个州允许国外旅游者退税，分别是德克萨斯州和路易斯安那州，德州有 13 个退税点，分布在包括休斯顿在内的 6 个城市，所退税款要达到 10 美元，销售税率是 8.25%。还有五个州购物免消费税，包括阿拉斯加州、德拉瓦州、蒙大拿州、新罕布什尔州、俄勒冈州，如果游客想要买大件物品，可以考虑在这几个州购物。

（图文整理自网络）

实用教程九：出境游必备 App，总有一款适合你

越来越多的旅行者选择出境自由行，然而，人生地不熟外加语言不通，让你对出境自由行充满向往却望而止步。其实，这些问题在功能强大的手机 App 面前全都是浮云。干货来袭，出境游必备 App，让你的旅行更轻松！

一、行程攻略类

蚂蜂窝自由行——一站式的旅行神器

属于可以贯穿整个行程的 App，覆盖全世界所有热门景点的吃、住、行、景点、线路、实用信息，以及去到同一地区的驴友们的真实照片和点评。最大的优点是所有攻略内容都是定期更新的，都是真实推荐。所有攻略都可以免费离线下载，下载到手机后不受网络限制，随时随地帮助你的旅行。

穷游行程助手——一个可以 DIY 旅行计划的工具

可以选择自己要去的城市，将景点、酒店、交通等信息添加到行程，分分钟就能搞定一份漂亮行程。还会为你智能规划全程线路，可以针对行程推荐周边的景点和餐厅，还可以导出 PDF 和 EXCEL，也可以在 App 中直接修改、查看，非常方便。

相关 App 推荐：穷游、猫途鹰、妙计旅行、路书、十六番。

二、机票航班类

天巡——帮你买到最便宜的机票

主打机票的搜索引擎天巡，基本上预定前都会在这里搜索一下比比价，大部分国内外的网站都用的天巡的接口。比较大的一个亮点功能是模糊搜索，即在不确定目的地的情况下只输入出发地、时间，再根据票价决定目的地，对于能够灵活出行的人来说非常实用。

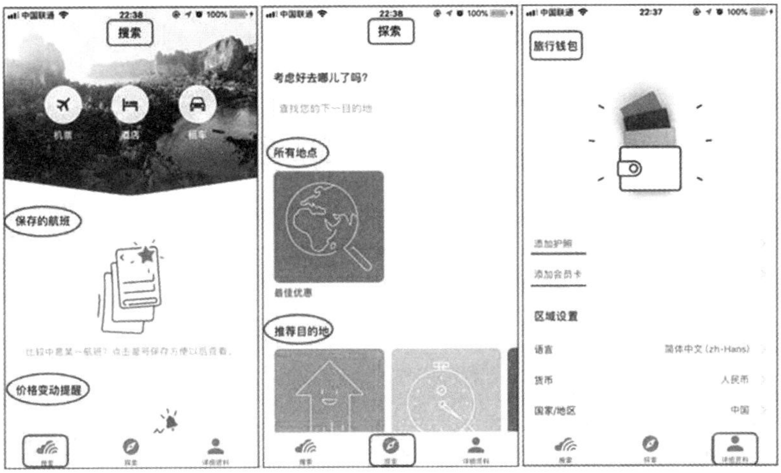

航旅纵横——你的航班 & 机场助手

一款专业的航班出行服务 App,包括所有国内、国际航班信息,能实时更新航班动态,预估起飞时间;机场雷达、机场大屏、航线图功能也十分实用,能省去很多不必要的麻烦。

相关 App 推荐:去哪儿、GateGuru、FlightAware、航班管家、飞常准。

三、交通出行类

Google maps——一站式的旅行神器

提供 220 个国家、地区全面而精确的地图,超过 15000 个城镇的公交线路和地图,可为驾车、骑车和步行路线提供 GPS 语音导航。提供实时路况信息、事故报告和自动重选路线功能,帮您找到最佳路线。提供餐厅、博物馆等地点的街景和室内图像。

maps.me——无网状态也能用的地图

一款可以离线使用并且可以离线搜索内容和导航的 App,下载一次所需区域地图,可以在没有网络的时候使用导航和搜索功能,查找旅馆、饭店、景点、银行等旅游信息。

相关 App 推荐:奥维互动地图、探途离线地图、Here 地图、citymapper、稀客地图(中文)。

租租车——自驾旅行最自由

租租车是国内领先的出境自驾游品牌,覆盖全球 200 个国家、10 万多家门店,1 周 7 天 24 小时中文客服,免费中文导航、送国际驾照翻译认证件、提供境外租车保险、景点门票、海外房车等服务。

相关 App 推荐：rentalcars。

Uber 国际版——在国外也能打滴滴

作为和滴滴一样的共享约车平台，Uber 在全世界 400 多个城市提供服务，根据导航司机就可以接到你，语言不好也可以。需要注意的是，国际版 Uber 只支持信用卡支付，你需要绑定一张 Visa 或 MasterCard 的信用卡才能打车。

四、翻译词典类

有道翻译官——贴心的翻译小助手

支持 107 种语言的翻译 App，满足你学习、工作、旅行等各种场合的语言翻译需求。国内最懂中文的翻译 App，连续三年获得“App Store 精华”称号，堪称翻译界口碑楷模。

Translate Photo——拍张照我就能翻译

身处异国，语言不通，这大概是每一个出国旅行的人最忧虑的了。这个 App，只要用手机对准不认识的文字拍张照就行！支持 70 种语言，再也不用对着写满陌生语言的路牌和菜单一脸茫然。

相关 App 推荐：Google Translate、旅行翻译官、Read for Me！

五、生活服务类

Yelp——国外行走吃货必备

可以轻松显现出你所在地方周边餐厅、酒吧、咖啡吧、可提供外卖的餐厅，可以用距离、人均价格、菜系或者综合评价进行筛选排列，地址可以直接点击进行目的地导航。

iMoney——再也不用成天打小算盘

支持各种汇率转换，不仅界面很友好，而且可以直接添加插件到通知中心中，不用打开 App 就可以查汇率，用起来简直妥妥的。

墨迹天气——有温度有情感的天气社交圈

免费的天气信息查询软件，持续占据天气类软件第一的位置。墨迹天气提供最专业、最稳定的天气查询服务，让人们能够知晓天气变化，提前做好出行计划。其时景功能“让图片出现在该出现的位置”，打造了一个有温度有情感的天气社交圈。

相关 App 推荐：极简汇率。

六、导游讲解类

口袋导游——带上耳朵去旅行

只要带上手机和耳机，就可以走到哪儿听到哪儿。口袋导游提供全球景点中文语音讲解，自由行旅游必备神器，为您随时随地讲解当地各处景点的历史文化故事，让您告别走马观花的旅游时代。

相关 App 推荐：驴迹导游、美景听听、言途。

（图文整理自网络）

实用教程十：外出旅行安全第一

旅行最大的好处，不是能见到多少人，见过多美的风景，而是走着走着，在一个际遇下突然重新认识了自己。旅行开心固然重要，但是安全也一样很重要，让我们一起看看，出门旅游要注意些什么。

一、了解旅行目的地的安全状况

对将要去的旅行目的地应该有一个全面的了解，对出发的路线、当地的物价、治安状况、居住情况都要先做好功课，选择一个安全的旅行目的地，选择相对安全、正规的酒店。如果语言不好，又没有当地人带领，最好不要自由行，或者一定要做好非常详细的计划。

二、最好买份旅游保险

办理申根签证时，保险是必选项，其他签证基本没有硬性要求，买与不买纯属个人选择。如需买，则一定要仔细阅读保险条款，看看具体的保险项目和保障范围。发达国家医疗费用高昂，一旦发生意外，医疗账单可能开出天文数字。信用卡盗刷、财物遗失被盗是否可以索赔，行李延误、证件丢失有没有索赔等。尤其是去海外从事滑雪、潜水、冲浪等危险性体育活动的，一定要看保险条款是否保高危活动，因为万一出了事情，能不能有直升机飞过去救你，就看你的保险了。

三、携带行李有技巧

(1)一定不要帮陌生人带行李！一定不要帮陌生人带行李！一定不要帮陌生人带行李！重要的事情说三遍。有很多例好心帮忙带行李、却在行李中发现毒品和违禁品的例子，要知道，一旦发生，等待你的不仅仅是遣返、签证取消、罚款，甚至是判刑！

(2)在每件托运行李箱上挂个行李牌，用中英文写上名字、电话(一定要写中国区号+86)、邮箱，以备行李丢失时联系你；但是千万不要留下家庭住址，以免被毒贩利用(毒贩会专门挑选一些行李牌上有详细住址的，然后把毒品偷偷放入，等到这些无辜乘客在不知情的情况下安全入关，再找合适的时机去行李牌上的地址“取货”）。

(3)最好在箱子外面套个保护袋或捆绑打包带，遇到野蛮装卸时防止散架以及弄脏磕坏。

(4)有必要携带药品时，最好放在原装有标示的容器里，同时携带医生处方笺或证明，以避免通关时遭遇麻烦。

(5)下了飞机先去转盘取行李，别的事情都可以延后，比如去免税店和退wifi。

四、贵重物品妥善保管

(1)重要证件、现金、银行卡、钥匙等随身携带。护照原件随身带，把护照首页、签证页的照片和复印件留一份在家人那里，行李里也装一套，同时在手机、邮箱、云盘等尽可能多地留备份。行程信息、航班、住宿酒店、同行伙伴的联系方式最好也留一份给家人。

(2)护照和钱财分开放，小钞及大钞分开放。最重要的是不要携带太多现金，尽可能刷卡消费，喜欢携带大量现金、不懂外语的中国游客已成外国小偷的最爱。

(3)避免穿戴名牌服装、背名牌包、佩戴金银首饰、名牌手表，钱财和贵重物品切勿外露，遭遇盗抢后及时到警察局报案并向大使馆通报。

四、熟记应急电话号码

临出发前一定记得开通国际漫游，或租借移动 WIFI，或在落地机场购买当地电话卡，保证 24 小时手机开机不失联。

熟记使领馆、急救、报警等应急电话号码。如遇紧急突发情况，及时报警。

中国外交部 24 小时全球领事保护与服务应急呼叫中心电话：0086－10－12308 或 0086－10－59913991。

五、其他常规注意事项

(1)尽量避开犯罪高发时段和地区，午夜至凌晨是盗抢、寻衅滋事等犯罪行为的高发时段，要尽量避免夜间特别是深夜外出，尽量避开僻静、人少以及治安状况较差的地区。

(2)小心扒手，他们常会无故推挤、假装问时间或方向，让你分心等各种方法，伺机有其他同伙偷取财物；当心流浪的小孩骚扰，可能会趁机扒窃财物。

(3)不要把双肩背包背在身后，可以选择背在身前，或背斜挎包，或背腰包，总之是要在视野范围内的。

(4)不要帮陌生人照看行李,发现无人看管的可疑的行李、背包应立即通知附近的安保、警察等。

(5)遇到过于热心的路人攀谈或带路要提高警惕,大部分西方人会无私提供帮助,可一旦过于热情要把你引去什么地方就要小心了。

(6)尽量选择公共交通工具。我觉得全世界的出租车司机都一样,即便发达国家也会有问题,如果一定要打车,可以跟酒店联系,请他们派车,虽然贵点但放心。

(7)在酒店房间里,要锁好门窗,并把门的保险锁锁定,外出时,不要将贵重物品留在房间内。除非是你主动叫的客房服务,否则只要有人敲门一定要问清楚,必要时给前台打电话确认。

(8)在国外一定要严格遵循当地法规,如果有禁止拍照的标识一定不要心存侥幸拿出相机。如果拍人一定要征得对方同意,绝不要偷拍,以免带来不必要的麻烦。

(图文整理自网络)

实用教程十一：小细节大文明：文明出境游篇

随着我国经济社会的发展和人民生活水平的不断提高，出境游已经“飞入寻常百姓家”，走出国门看看世界成了很自然的事情。身处境外，我们每个中国公民都是中国与世界沟通的桥梁，是中国文明礼仪的展示者和传播者。我们更要以文明言行举止约束自己，尊重自然、尊重文化、尊重他人，别忘了，走出国门，您代表中国。

您懂得，走出国门，您代表中国；
别忘了，旅游美时美刻，文明随时随地。

走出国门，您的形象便是中国形象，请自觉做到文明守礼，用自己的文明举止为增进中外人民的了解和友谊增砖添瓦，切莫缺乏自律，要记得，“不拘小节”的行为可能不仅仅让自己遭人讪笑，更会令我们国家形象受损。

您懂得，出游讲礼仪；
别忘了，入乡要随俗。

在旅途中，尊重当地风俗习惯和宗教礼仪，是出境游客的一门“必修课”。充分了解目的地的风土人情，这既是文明旅游所必需，也是安全旅游不可或缺的。尊重礼仪、入乡随俗，做个“守规矩”的中国游客，进行自我道德约束，既有助于养成包容的品格，也将赢得世界的尊重。

您懂得，多看美景不刻美名；
别忘了，景区内不要乱涂乱画。

随意乱涂乱画是一种陋习，是极其不文明的行为。特别是在一些文物古迹上面乱写乱画，不仅破坏了珍贵文物遗产的景观风貌，更是一种缺乏社会公德的恶劣行为。走出国门，您就是世界认识中国的窗口，外出游玩时千万要手下留情，不要随意乱涂乱画，弄脏了风景，也玷污了自己。

您懂得，公共场合轻声语；
别忘了，喧哗打闹招人嫌。

就餐、交谈和打电话时，要尽量表现出安宁和私密的状态，声音大小以不打扰邻人为原则。回到酒店后也应顾及其他顾客的感受，切忌敞开房门打牌，呼三喝四，举止粗鲁。

您懂得，拍照留念要遵规；
别忘了，博物馆拍照勿开闪光灯。

随着智能手机的流行，拍照成为很多人的一大爱好。不过走出国门之后，拍照就不仅仅是私人爱好问题，还会涉及文物保护、人身安全以及尊重隐私等问题。很多博物馆会禁止开闪光灯拍照，一些景点对自拍杆也有严格要求，因此一定要留意相关景点的拍照说明，切莫因为一张照片给国家形象减分。

您懂得，赏美景只留脚印一串；
别忘了，景区内不要乱扔垃圾。

美景需要我们共同维护，乱扔垃圾，丢掉的不仅是垃圾，更是公德。出门旅行时，可随身携带垃圾袋，垃圾随身带走。扔垃圾时，也请尽量根据当地规定进行分类。文明是最美的风景。

您懂得，乘车买票须排队；
别忘了，公共场合勿吸烟。

排队等待是一种美德，不急不躁，既尊重了他人，也是对自己安全的负责。尤其是在一些有参观时间限制的景点，宁可放弃参观，也不要加塞硬挤。国外很多景点都有禁烟标志，切忌公共场合吸烟，损人害己。

“不积跬步无以至千里；不积小流无以成江海。”文明细节虽小却是“天大的小事”，唯有从点滴小事做起，我们才能让文明在全社会蔚然成风，文明才能真正成为一种感染力、凝聚力、推动力，进而升华为一种城市的名片，一种国家的形象，一种民族的精神。

作者根据网上内容整理

实用教程十二：带着责任和尊重去旅行

旅行可以创造美好，带来改变。无论走到世界的哪个角落，负责任的旅行态度都不可或缺，我们应当以一种心怀尊重，并能对旅行地居民、文化及环境有益的方式旅行。

你可以在出发前事先了解一些当地的文化，在出行前多做功课，比如学习一点当地的语言，或者阅读几本有关宗教和文化背景的书籍。这些，都能使你获益良多，让你对当地文化怀有一颗理解和宽容的心，也会给旅行带来更多的乐趣。

你最好事先了解当地的宗教与禁忌，比如在小乘佛教与穆斯林地区，穿着就不宜过于暴露。尊重这些规则，很大程度上我们就可以避免一些不必要的不愉快。

微笑——做冷静、乐观、友好的旅行者。

请不要直接施舍金钱、文具或糖果给不发达地区的孩子，这对于当地人并无实质的帮助，还会让他们形成被施舍、甚至乞讨的习惯。如果想要帮助当地人，请与当地的慈善机构联系，或者还可以考虑在当地做义工。

在拍摄当地人之前，请尽量获得对方的同意；如果你有幸被允许拍照，请尽量在旅行结束后寄回一些照片给他们。另外，我们最好不要鼓励当地居民的收费摆拍行为。

记得不要随地留下垃圾，在一些国家还要遵守严格的垃圾分类。在一些发展中国家，当地人并不在意扔垃圾会破坏环境，这就更需要我们自己用行动来传播环境意识。另外，请坚决拒绝食用和购买野生动物制品，这也是为了你自己的健康和安全着想。

尽量购买当地的手工艺品，品尝地道的当地美食，乘坐当地的公共交通，这能帮助你融入当地生活，了解当地居民的生活状态，获得更真实的旅行体验；同时也帮助当地的可持续发展，帮助传统的传承。

往往一次旅行之后，你就和那个目的地产生了联系。记得分享你的旅途，不仅能留下你的记忆，也可以帮助之后的旅行者们更好地理解当地的文化和传统。

行走在因多样性而充满吸引力的世界里，实践负责任的旅行，会令你的旅行尽可能有益与快乐——无论是对于你自己，对于你在路上所遇见的人，还是你所去到的地方。

跋

叮叮叮叮叮……漂泊，漂泊，漂泊……

铛铛铛铛铛……回家，回家，回家……

这是丽江一个布农铃小店墙上的字，几乎大半生都在欧洲的我，一直很喜欢这种徘徊在漂泊与回家之间的感觉。

人的记忆就像时光一样，不断被新记忆填补，而旧记忆，却如同旧时光般，终将会淡去，直至消退，到没有痕迹。如果没有文字，即使拥有再多的照片，也无法留住当时稍纵即逝的感受。这本小书的文字，来自一所学校的师生，几乎完全保留了当时的印记，原始、朴素、清新……就如在“初见山中好时光”的感觉，在有些文稿里，我几乎看到了生长的欲望，就如同在寂静的夜里，你甚至能听到藤蔓沿着木屋高脚架嗤嗤攀爬的声音。文字就是如此神奇，这本小书仿佛也是我半生漂泊的记忆匣子，替我收藏，历久弥新。

脚步不停，文字不止。我很高兴，很多孩子像我一样，一直认真在生活，认真在旅行！

作为名誉校长，我会尽己所能，努力为学校和师生们做好服务。

中国原驻奥地利共和国大使
青岛外事服务职业学校终身名誉校长
赵　彬
2019年6月22日

《外事人看世界》征文启事

“读万卷书，行万里路”是最好的成长方式，出国游学、境外旅行是体验异域文化、增进国际理解的最佳途径。为开阔外事师生的国际视野、提高外事师生的国际理解素养，青岛外事服务职业学校国际理解教育课题组长期组织“外事人看世界”主题征文比赛。

征文内容：本校师生出国游学、境外旅行期间的经历及感悟，侧重对风土人情、文化差异、交流理解的介绍。

征文范围：全校师生

征文时间：长期有效

征文要求：

(1)文稿体裁不限，题目自拟，要求内容积极向上，语言活泼，文笔流畅，故事精彩。

(2)文稿字数在800～1500字为宜，题目为宋体四号字加粗，正文为宋体小四号字，1.5倍行距。

(3)插图要求：3～5张照片，至少1张单人照或合影，最好以地标景点、校园环境为背景。照片可提供JPG或TIFF格式，JPG格式照片不小于4 Mb，TIFF格式照片不小于50 Mb。照片需粘贴在Word文档中，并配有文字说明，同时提供原始图片（请勿缩小图片尺寸）。

(4)文稿后附简短个人介绍，内容如下：

老师自我介绍：姓名，性别，某年某月出生，青岛外事服务职业学校某教研组教师。某年某月与某某赴某国旅游（或某年某月参见学校组织的赴某国某校访学活动）。

学生自我介绍：姓名，性别，某年某月出生，青岛外事服务职业学校某级某专业某班学生。某年某月与某某赴某国旅游（或某年某月参见学校组织的赴某国某校访学活动）。

交稿方式：请返校后两周内将本人稿件、照片送交教务处边力老师。学校组织的访学交流活动，由带队老师收齐后统一送交教务处边力老师。

青岛外事服务职业学校国际理解教育课题组

2017年12月11日